TIM

Ray Loriga

TIM

Papel certificado por el Forest Stewardship Council®

Primera edición: marzo de 2025

© 2025, Jorge Loriga Torrenova
© 2025, Penguin Random House Grupo Editorial, S. A. U.
Travessera de Gràcia, 47-49. 08021 Barcelona

© Diseño: Penguin Random House Grupo Editorial, inspirado en un diseño original de Enric Satué

Penguin Random House Grupo Editorial apoya la protección de la propiedad intelectual. La propiedad intelectual estimula la creatividad, defiende la diversidad en el ámbito de las ideas y el conocimiento, promueve la libre expresión y favorece una cultura viva. Gracias por comprar una edición autorizada de este libro y por respetar las leyes de propiedad intelectual al no reproducir ni distribuir ninguna parte de esta obra por ningún medio sin permiso. Al hacerlo está respaldando a los autores y permitiendo que PRHGE continúe publicando libros para todos los lectores. De conformidad con lo dispuesto en el artículo 67.3 del Real Decreto Ley 24/2021, de 2 de noviembre, PRHGE se reserva expresamente los derechos de reproducción y de uso de esta obra y de todos sus elementos mediante medios de lectura mecánica y otros medios adecuados a tal fin. Diríjase a CEDRO (Centro Español de Derechos Reprográficos, http://www.cedro.org) si necesita reproducir algún fragmento de esta obra.
En caso de necesidad, contacte con: seguridadproductos@penguinrandomhouse.com

Printed in Spain – Impreso en España

ISBN: 978-84-10299-47-4
Depósito legal: B-560-2025

Compuesto en Arca Edinet, S. L.
Impreso en Unigraf, Móstoles (Madrid)

AL99474

I must lie down where all the ladders start,
In the foul rag-and-bone shop of the heart.

W. B. Yeats

So says the tune to him—but what to me?

Conrad Potter Aiken

T

Debajo de la estantería, junto al escritorio, la luz apenas acaricia la figura de un salvaje zulú en miniatura que en su día fue fiero y hermoso, pero que ahora luce mortecino, triste y decepcionado. Su lanza roma, las plumas de su corona, ayer brillantes como llamas, apagadas hoy por culpa de la oscuridad y el polvo. La pequeña habitación está desordenada y sucia, sin duda por mi propio descuido, y si alguna vez, de niño, desperté rodeado de los más alegres regalos, como el salvaje emplumado, guerrero victorioso de la batalla de Isandlwana, el coche de bomberos, el zepelín plateado, la pelota de baloncesto anaranjada, la noria de hojalata, el Apolo XIII desmontable, la bailarina que vive en la caja de música con forma de piano diminuto, la raqueta Dunlop de madera mal abrigada por su tensor de cuerdas..., ahora, en cambio, al despertar, no veo sino siluetas cubiertas de un gris plomizo que encaja, como un sable en su vaina, con este pesado silencio que yo solo he construido.

¿Dónde están todos? Antes me despertaban sus voces, sus pasos, o dejaban ese trabajo a los pájaros. Ahora, ni los unos ni los otros se toman tantas molestias. O tal vez ya se han ido. Tampoco mi madre llama al desayuno, ni agita la mañana con irrenunciables premuras. Ni el colegio, ni el oficio, ni el juego o el baño me esperan. Pudiera ser que la habitación esté vacía, y que ésta no sea mi casa. Es más, si de veras me esfuerzo en despertar, es muy posible que no haya nada de lo mío alrededor, y que esta estancia no sea sino otra de esas habitaciones de hotel en las que tan a menudo me hospedo en mis viajes aquí y allá, en ciudades de costa o interior, en países muy lejanos o en pueblos desconocidos de mi propia patria. O, aún peor, pudiera ser que se trate, en realidad, de una miserable pensión o de un hospital o, peor todavía, de un manicomio o una celda. Sólo espero, mientras medito si merece la pena despertar, que no sea una tumba.

No lo es, por fortuna, y sin embargo no reconozco nada de la nueva habitación y apenas se parece a la que creía intuir en duermevela. Con los ojos ya bien abiertos (¿lo están o imagino que lo están?), sólo puedo confirmar que se trata de un dormitorio pequeño y extraño del todo para mí, tan forastero y a la vez tan normal como cualquier habitación ajena pueda serlo al despertar en ella por primera vez, y, tal y como había soñado, no muy limpio, pero vacío de todos mis juguetes, aunque no en absoluto silencio, como soñé, sino puntuado por los sonidos mecánicos del mundo: coches, trenes, aviones, ferris, chalupas, taladradoras, radiales, camiones de basura, bandas municipales, coros de iglesia, borrachos en feliz francachela y ruidoso transitar de garito en garito, gotear agónico de cisternas, desmelene de aspersores, el tamtam atronador de un concierto de *tech house* cercano y hasta relinchos de caballos. El sol entra tenue, eso al menos era cierto, y apenas roza un escritorio que sí existe, pero inútilmente, pues sobre él no hay nada. Ni un teléfono, ni un retrato en un marco de plata, ni una pluma, ni siquiera un florero. Sobre el suelo de madera veo una alfombra ovalada no muy grande, tejida a mano, y sobre la alfombra, como si temiera sacar las patas de su contorno, se cuadra un ciervo, inmóvil, que parece presentir un disparo o un atropello. Me doy perfecta cuenta de que aún no estoy del todo despierto, y mientras trato de recordar si la noche anterior escondí una escopeta junto a la cama, me tranquiliza comprobar que el pobre animal ya se ha ido. Tal vez por culpa de la dueña de la casa, que ahora, de pronto, reclama a gritos el precio del alquiler, porque es jueves y, según no sé qué contrato, los jueves se paga. Si tan sólo pudiera seguir durmiendo..., pero la urgencia de su demanda me recomienda lo contrario; al parecer nos van a echar a la calle (no sé exactamente a quiénes más) si no cumplimos de inmediato. Desconozco el alcance de la deuda e incluso me cuesta recordar cómo llegué hasta aquí y desde dónde. Y, por descontado, cuándo. Tampoco puedo calcular mi estatura, ni el perímetro de mi cintura o mi peso. Postrado e inerte, estas medidas se me escapan, como se le escapa a cualquier objeto su apariencia ante los ojos de nadie. Hasta el sonido de mi voz se me antoja una mera conjetura siempre o mientras permanezca en escrupuloso silencio.

Al otro lado de la puerta de mi dormitorio se intuye un pasillo, una escalera que baja hasta el primer piso y después, atravesando un humilde recibidor con una bandeja de latón para dejar las tarjetas de visita, un hombre ya vestido y desayunado se enfrentará, si es que puede, a un paisaje que empieza detrás de otra puerta, la principal, la de la calle. De las bisagras de esas puertas depende el mundo, la fiera que espera con paciencia, agazapada detrás de los ojos cerrados, que me empeño en no abrir todavía con las pocas fuerzas que me quedan. El mundo, es bien sabido, no es más que una emboscada. Más allá de la cama se alzan en lógica consecuencia cepos, murallas, abismos, alambres de espino y una altísima atalaya donde se arma el vigía, al cuidado de una fortaleza imaginaria, que de ninguna manera permitirá desafío alguno.

También pudiera ser que la estancia esté vacía y por la puerta de la calle no salga finalmente nadie. Pero una sensación inequívoca, apenas y sobre todo eso, no un latido, sino una mera sensación, me asegura que estoy aquí y estoy vivo, lo cual no deja de inquietarme pues, aún medio dormido, sé que es más que posible que no alcance a pagar el precio reclamado. En caso de no poder cubrir la deuda, quién sabe si grande, que la casera exige a gritos, lo mejor sería preparar con cuidado la fuga, esperar agazapado la noche, asegurarse de que no hay demasiada altura desde la ventana hasta la calle ni vigilancia en el parterre. Pero para eso habría que moverse, y aún no puedo. Todavía ignoro de qué seré capaz y qué no lograré si de veras consigo espabilarme del todo. Ni siquiera sé, siendo honesto, si una vez que esté por fin bien despierto conseguiré moverme, si mis piernas, que no siento, me han sido amputadas o si sólo están, como el resto de lo mío, dormidas. Por alguna razón que se me escapa, me intriga sobremanera el tamaño de mis orejas, quizá tan grandes como cuencos de sopa, esa clase de orejas que dan lugar a la inquina o la burla, o tan pequeñas que pudiesen resultar, bien al contrario, motivo de alabanza por su delicadeza. A decir verdad, no concibo mi aspecto en absoluto, ni el aspecto que otros pudieran preferir en mí. Se me antoja, aun aletargado, que, sin mostrarme ante nadie, a nadie podría inquietar o defraudar mi presencia, y tan amable sensación justifica con creces mi modorra. Sin embargo, medio dormido como estoy, también estoy medio despierto, ya medio fuera de esta cama, aunque aún no quiera, que es como decir que ya estoy casi dentro del mundo. Pero, y tal vez ésta es mi excusa, ¿cuál? El mundo tiene más de un aspecto. Está el que hemos conocido, pero también el que ignoramos, uno que, sin nuestra presencia, *es*, a pesar de todo. No basta con una pila de recuerdos para asegurar que uno conoce el mundo, ni siquiera para confirmar que se ha pertenecido a él.

Recuerdo a mi madre... ¿Es eso bastante para decir que he sido en el mundo? También recuerdo una piscina, una estantería, un continente y haber mirado hacia el cielo, o haber temido el fondo de un pozo. Una canción puede todavía animarme a un baile y el tacto de una superficie parecerme suave o áspero; un sabor, amargo; un golpe, contundente, y una sonrisa, desconcertante; las puertas que se cierran, frustrantes y al segundo protectoras. Si accedí a un afecto, ¿en verdad lo perseguía por necesidad o sólo temía su ausencia? Imposible saberlo sin viajar muy hacia atrás en la memoria. O muy hacia delante en la pesquisa.

Habría que levantarse de la cama, en cualquier caso, e indagar hasta encontrar el principio de este siniestro enredo, y, en cambio, algo que soy capaz de identificar como propio y relevante me aconseja no moverme todavía. ¿Quién me asegura que el individuo que salga de esta cama me sea útil? O que siquiera me agrade. Mejor quedarse quieto, por ahora. No tengas miedo, dice el imbécil. ¿Miedo a qué, perfecto bobo? ¡Como si fuera el miedo lo que me mantiene quieto! ¡O la desmemoria!

Mucho me temo que no sea así. Por desgracia, me resulta imposible olvidar tantas cosas (inútiles) de entre todo aquello que parece haber sucedido en mi presencia, y reconozco con dolor que no consigo olvidar ni por un instante al protagonista insidioso de cada capítulo intranscendente de mi memoria. ¡Cómo librarse del gran sabiondo petulante y su cháchara interminable! Menudo petimetre altanero estaba hecho, si incluso subía las escaleras volando por encima de los peldaños, de dos en dos, sin saber ni adónde iba. El mismo insignificante individuo que asomado por fin a la terraza pensaba que el viento estaba soplando precisamente para peinarle el flequillo. El rey de la fiesta se creía entonces, sin caer en la cuenta, tan mentecato como era, de que no le consideraban, todos aquellos risueños vividores, sino el bufón de la sala de baile (y hacían bien). De ahí lo sonoro de sus carcajadas y la lástima o el desprecio que mal escondían sus miradas y que él, en ese demencial ayer, borracho de vanidad, no era capaz de distinguir y, por si fuera poco, confundía con vítores y alabanzas. Sucede con cierta frecuencia que el objeto de una burla, en su tontuna, se ve a sí mismo como valioso centro de atención.

Y ahora, en este día en el que ya no hay máscara que cubra su deshilachada polca, no queda otra que aceptar el desastre y demorar el amanecer. Mirar a los ojos al tipejo que le trajo hasta aquí y hasta esta delicada postura, por qué no admitirlo, merecedora de compasión y decididamente fetal. Obsérvalo con cuidado si es que reúnes el coraje (pues ver un alma agazapada siempre quiebra el ánimo), más quieto que un besugo congelado, aferrado a la almohada como un moribundo a un crucifijo, temeroso incluso de soltarle la mano al último sueño, por miedo a que le alcance (a este sujeto sólo nuestro) alguno de los destinos que con tanta imprudencia como frivolidad ha construido. Prefiere el insensato que le sigan mordiendo el culo sus atroces pesadillas antes que abrir los ojitos al cegador sol del nuevo día. O quizá no es para tanto, y sencillamente esté demorando la obligación de volver a pasar revista, calzarse las botas y regresar a la batalla, la instrucción o, sin más, la marcha, o la plúmbea tarea, que con tanta sensatez pospone.

Dicen que cuando te encuentras un animal no demasiado grande en mitad de la carretera, pongamos un conejo o incluso un cervatillo, es más seguro sujetar fuerte el volante y acelerar que tratar de esquivarlo. Supongo que cervatillos, conejos y animales no demasiado grandes en general tienen otra opinión al respecto, pero dudo mucho de que lo hablen entre ellos. Aunque quién sabe de qué hablarán esas bestezuelas en el bosque, mientras esperan a que la luz de los faros de un coche en la noche más oscura las inmovilice para la foto final. Un golpe seco. El funcionario estampa entonces con tinta el sello que habrá de otorgarles el pasaporte definitivo hacia ninguna parte. ¿Apuntarán sus bajas de manera individualizada los conejos? ¿O se limitarán a comentar, resignados, «un conejo menos»?

Un segundo, espera, se escuchan nuevos gritos. Luego seguimos con esto.

¡Qué ruido tan endemoniado! ¡Menudo jaleo! ¿Quiénes son y de qué hablan?

Esta vez no se trata de la casera, es otro alboroto aún más confuso. Son otras también las protestas, y, por tanto, otras voces. Las quejas han cambiado de dirección y escucho malestares muy distintos y, a la postre, opuestos. Una nueva estirpe de bastardos alza sus soflamas al cielo. Justo ahora, cuando ya le estaba tomando aprecio a la despótica casera. Queda claro que por fin la bendita patrona se ha callado; se impone, por consiguiente, un turno de réplica.

Como era de esperar, los inquilinos también protestan, faltaría más.

Y se pisan unos a otros la palabra, de tantas demandas como tienen.

A saber: todo está sucio, no hay agua caliente, el desayuno es inapropiado para un hotel de cinco estrellas, el mar no se ve desde las estancias interiores. A este respecto, precisamente, oigo hablar a una jovencita de voz tan dulce como el aguaí: ¿Por qué, mi amor, nos han dado una habitación frente al parking y los contenedores de basura? ¿Y yo qué demonios sé?, contesta el desolado amante. ¿Por qué algunos nacemos sin suerte? He ahí otra pregunta tan puntual y apropiada como la otra. En la habitación contigua el problema es el parqué, que cruje, según entiendo, con un irritante chirriar como de termitas hambrientas bajo los pies de un grandullón enfurruñado y puede que ebrio, pues a esa protesta suma su descontento por no encontrar más botellitas de ginebra en su diminuto minibar. De cada una de las estancias de la casa me llegan en oleadas todos los disgustos y demandas imaginables, desde la falta de entretenimiento para los más pequeños hasta lo pesada que resultó la bullabesa de la cena de anoche. Tampoco parece adecuada la dimensión de la piscina, ni está a gusto de todos la localización de la pista de tenis, bajo un sol abrasador, tan alejada del frescor que proporcionarían de manera natural los hermosos árboles del bosque de eucaliptos. Por no hablar del tamaño de algunas de las suites, que no merecen tal nombre, según parece, o cuando menos no resultan, a juicio de estos llorones, lo que algunos esperarían en un hotel de esta categoría, y qué decir (sino maldades) del eficaz, sí, pero distante trato que ofrece el personal del hotel, en especial una insidiosa recepcionista más empeñada en hacer preguntas que en responderlas y que, por si fuera poco, se maneja mejor con el alemán que con el cristiano. ¡Acabáramos! Y cómo es que no hay paraguas, ni sombrillas para el caso, en la maldita recepción. Si aquí lo mismo llueve que hace un sofoco insoportable. ¿Y la decoración? Decadente y anticuada o, por el contrario, demasiado a la moda, tirando a escandinava y poco acogedora...

La murga de quejas se alarga creando un *totum revolutum* sin sentido, y las voces se entremezclan, se amalgaman, se enguachinan, hasta formar un coro advenedizo —mi propia molestia me dice que histérico e inarmónico— propio de huéspedes ingratos.

¿Acaso te sorprende?

Este hotel, si es que lo fuera, jamás podría resultar muy distinto a ningún otro lugar en el mundo, donde, como es bien sabido, nada encaja a la entera satisfacción de nadie, donde todo es insuficiente o excesivo, según las rigurosas demandas de sus huéspedes. Así, el mar estará demasiado lejos para disfrutarlo a gusto o demasiado cerca como para poder evitar que el ruido de las olas nos robe el sueño, o las voces de los niños jugando en la orilla o los graznidos constantes de las gaviotas turben el sagrado bienestar de la clientela. El viento ruge de poniente, o llueve, o no llueve y el viento es de levante y convierte la playa en un secadero de tabaco, o sopla el maldito cierzo, o la tramontana, o el siroco, o las noches tropicales empañan de húmedo vapor las copas de daiquiri. Y no hay nieve sobre la que esquiar, o por el contrario la nieve es perfecta, pero las largas colas en el telesilla te arruinan la experiencia, o no conseguimos ver tranquilos las putas pirámides de Guiza por culpa de la aglomeración de turistas y además no hay quien vaya a Venecia en ninguna época del año por culpa de la «gente», tanta y tanta y tantísima gente.

¿Sorprendido aún? Espabila, Segismundo, en ninguna pesadilla, en ninguna cárcel ni en ningún infierno vas a estar solo. Suéñate como prefieras, rey o reo, pero en ninguno de esos vanos anhelos estarás sin la obligada compañía y sin la melodía constante de sus lamentos.

Detente un instante (y aquí se impone una nueva demora), algo de lo que han dicho estos quejicas me interesa de pronto sobremanera. ¿Es posible que este extraño lugar en el que me encuentro sea en verdad un hotel de cinco estrellas? ¿Podré bajar entonces a desayunar y elegir entre el espléndido bufet mis platillos favoritos, y volver sin restricciones a por más café, fresas, panqueques, huevos con beicon, chilaquiles, *pa amb oli*, hummus, *baba ganush* y hasta cereales y ciruelas pasas de esas que marcan la regularidad del intestino con la marcialidad del paso de la oca (esencial para una vida armónica), y repetir una y otra vez mientras disfruto de un cigarrillo solo frente a la playa de La Concha, o el bosque de Chapultepec, o admirando el monte Fuji, o el cañón del Colorado, o el desierto del Gobi o el paisaje, en definitiva, que otros hayan elegido por mí? Nadie me molestará mucho entonces, si no es para atenderme puntual y, claro está, fríamente, como sólo se atiende a los extraños en tales circunstancias. Aunque por lo poco que intuyo desde la cama, aun sin ser capaz siquiera de volver la cabeza, no parece que sea el caso, y nada de la pequeña habitación que apenas me atrevo a imaginar me invita a concluir que esté hospedado en lugar tan gentil (a pesar de las protestas), ni que me acurruque con placidez en una de esas suites no tan grandes como debieran pero perfectamente confortables al fin y al cabo, sino, por el contrario, retenido, escondido o acorralado en una estancia mucho más lúgubre. Y hasta puede que todas esas iracundas protestas que hace un segundo me alarmaban con tanta nitidez no sean sino el eco de las miles de quejas mundanas escuchadas por doquier, durante tanto tiempo, y que ahora recupero en mi nebulosa circunstancia para evitar sufrir los lamentos de los verdaderos condenados que con toda probabilidad se amontonan a mi alrededor, como únicos camaradas en estas profundas mazmorras. También puede ser que esté exagerando y resulte final y felizmente que ésta (que tanto me angustia) no sea más que una estancia cualquiera en un lugar cualquiera, de la que tan fácil es entrar como salir, pero si ése fuera el caso, ¿quién me dice que el horror que tengo por seguro no aguarde ahí fuera, como un taimado vengador, a que mi debilidad de carácter me obligue a reincorporarme al mundo?

No debo dejar que eso suceda, lo sé; de lo que no estoy tan seguro es de cómo impedirlo. De niño, en ese largo nunca que nos separa de la vida adulta, sí creo haber tenido la fortaleza necesaria, pero, claro, quién puede volver a esa confortable antesala y tener la fuerza de antaño. Ése fue el tiempo de antes.

¿Antes de qué? Pues antes de que nadie te haya dicho aún lo que eres o no eres y, por consiguiente, qué se espera de ti. Esa clase de «antes» que defiende a capa y espada la condición de inocente frente a cualquier acusación.

¿Sabes lo que digo yo a eso? ¡Cuac, cuac!

¿Cuac, cuac...?

A modo de burla. Personalmente creo que nada de lo que dices tiene sentido, es más, pienso que no le acertarías a un ganso disecado a dos pasos de distancia ni con un trabuco.

¿Y por qué habría de hacerlo? Si recapacitas, verás que huyo de toda beligerancia.

Hazme un favor, viejo charlatán, aclárame esto un poco, si es que eres capaz.

Es bien sencillo: sin hacer nada, de poco se te puede culpar.

Si tan sólo pudiera (y sé bien que no es posible) alargar unos instantes este páramo que se extiende, en apariencia infinito, desde aquí hasta el día, evitando así el momento fatal en que alguien, quien sea, golpee en la puerta con los nudillos para avisar de la causa siguiente, o el despertador recuerde alguna obligación, o la lluvia, el frío, el sol, el escenario, la circunstancia o la tarea impongan un vestido concreto.

¿Cómo será el uniforme acorde a mi labor? Poco importa. Sea de pocero o de mariscal, no querré ponérmelo y me apretarán lo mismo las botas.

Algo me dice que la música que escucho mientras reina el silencio es la mismísima banda sonora del puto paraíso. Pero, cuidado, ¿serán todas las fuentes que escucho, vomitando agua desde la boca de mil tritones, imaginarias? ¿Habrá algo real en todo esto? Una vez más levantarse parece obligatorio, pero ¿y si el tiempo de lo real ya ha pasado?

Se imponía lo real ayer, pero ya es tarde (y tampoco nos sirvió de tanto). En cualquier caso, esta mañana, de cuyo verdadero aspecto lo ignoro casi todo, se me antoja distinta. O, al menos, amarrado de un brazo al sueño y del otro a la vigilia, así me lo parece. Aunque también cabe la posibilidad de que sólo pretenda una vez más concebirlo todo a mi capricho. Ése es también buen motivo de inquietud, la severa espada que, sujeta por la empuñadura de la más vaga esperanza, blande en cambio el metal afilado del desastre.

Una idea (y esto no debería dudarlo) se me repite con la contundencia de un taladro neumático que estuviera intentando llegar hasta el fondo mismo de mi alma, recordándome con insistencia no muy sensata que lo real jamás tendría que haber sucedido.

En su corazón alberga aún la más tenaz de las disposiciones, o eso quiere imaginarse.

Entonces, ¿qué te detiene?

Pues no sabría decirle, puede que la tormenta.

Ah, en ese caso, déjeme que le explique: se ha convertido usted con el tiempo en un perfecto pusilánime, amigo mío. Lo cual no deja de ser un cambio notable.

Recuerdo que en otros tiempos... Sí, sí, lo sabemos todos y usted el primero, en otros tiempos ataba longanizas con lazos de seda, tocaba la trompeta debajo del agua, cortaba amapolas con catana, presumía sin razón por cualquier tontería, se movía, entre gruñón y ufano, por el campanario como el jorobado de Notre Dame, vivía de fantasías (por resumir), pero siempre muy dispuesto. En los aviones, por poner un ejemplo, apenas se alcanzaba la altura reglamentaria y se establecía la velocidad de crucero, le faltaba tiempo para molestar a la azafata suplicándole un whisky y correr luego al baño, tras apenas dos o tres sorbos apresurados, a rematar la faena con generosas dosis de cocaína, que fiel a su estúpida estrategia escondía siempre en clínex arrugados, fingiendo constantes catarros. ¿En qué estarías pensando, Quasimodo? Pero todo había empezado en realidad mucho antes, a poco que uno se pare a pensarlo. Fue la mañana de un jueves cualquiera (por buscarle una fecha señalada) en que decidió sustituir el miedo natural de la infancia por un coraje inventado. Bueno, en mi descargo he de decir que justo eso y ninguna otra cosa es lo que se le pedía a la construcción de un muchacho. Los grumetes sabían desde un principio que sus deseos serían sepultados bajo las aspiraciones de sus contramaestres y capitanes, y al trepar por las jarcias muertas no perseguían sino el cenit de su obediencia y buena disposición, y hasta en el fragor de la batalla pertenecían, los grumetes, a un coraje asimilado. El hombre decide al niño, y así ha sido siempre, esperar lo contrario sería de necios.

No tengo más remedio que reconocer, en cambio, que el resto de la larga lista de infamias fue cosa mía y hasta puede ser que este lugar, esta habitación en la que aún no me atrevo a alborear del todo, no sea sino la consecuencia directa de cada una de mis atolondradas decisiones. No va uno a galeras por nada, y jamás son injustificados (y menos aún injustos) los azotes, ni se llega a merecer la docena por naderías. Y, sin embargo, no es el arrepentimiento lo que me mantiene inmóvil, tan quieto como el animal de mi más reciente sueño, a punto de ser atropellado por un camión de mercancías. No soy esa clase de cobarde. Es otra cosa, otra causa y, por ende, otra la razón de la pausa. En eso al menos espero no confundirme. Intrépido creo que sí fui. ¿No abandoné todas las risas de la casa con un afán tan sólido que sólo podría llamarse voluntad? A cuento de qué lamentarme o tiritar ahora. O empecinarme contra toda evidencia de lo contrario en distinguirme como pusilánime. ¿No demostré una y mil veces una osadía rayana en la insensatez?

En la sala del consejo se hablaba de esto a menudo, poderosos y miserables venían siempre a protestar por lo mismo, desgarrados por la distancia insalvable que se extendía entre sus anhelos y su circunstancia.

Se le dieron mil vueltas al asunto y, a pesar de que aquéllas eran las mentes más laureadas de su tiempo, no se logró nunca llegar no ya a una solución, sino a vislumbrar siquiera un triste paliativo.

¿Cómo pretender entonces que un hombre solo, más confundido que brillante, se enfrente a tan mayúsculo desafío?

No espero respuesta y, además, una pregunta muy distinta me parece ahora mismo más urgente: ¿estará este hotel, o cárcel, tanatorio, camarote o lo que sea cerca de la casa de empeños?

Ahí es donde yo quería ir desde un principio. Donde debo ir, en realidad, mal que me duela. ¿Y por qué? Como es lógico, para tratar de recuperar algo que dejé allí hace mucho tiempo, tanto que ni siquiera recuerdo qué demonios pueda ser. Pero, y este «pero» se impone a cualquier otra razón, mantengo muy viva (tal vez casi lo único que salta aún dentro de mí) la intuición de que debe de ser algo que, aun abandonado en su día por vulgar apremio, me resulta ahora terriblemente necesario.

No pienso entrar en este momento a dar explicaciones de por qué estoy tan seguro de echar tanto en falta aquello que no recuerdo, por mucho que se contraríe nadie.

Conozco bien la curiosidad que sienten algunos por asuntos que se alejan de manera considerable de su incumbencia, o su verdadero interés, sólo por pasar un rato, por así decirlo, de vacaciones en la exótica isla de los problemas de los demás. Por eso precisamente me niego con rotundidad a dar explicaciones de menesteres que a nadie más que a mí me conciernen.

No, por favor, de ninguna manera, déjeme sin más que me acerque a la casa de empeños, que tampoco es tanto pedir. No pretendo otra cosa que recuperar algo que creo me perteneció. Y sí, ya que lo pregunta, perdí el recibo, pero supongo que el dueño del miserable negocio me recordará, como yo le recuerdo a él, con la misma claridad que si el canje se hubiera producido ayer y no hace mil años. La mirada despectiva, el rostro enjuto y desconfiado, las gafas sucias con la intención de robarle valor a cada prenda, a cada joya, a cada empeño. La sonrisa falsamente honesta y hasta los rayados horizontales de los puños de su camisa, en contraposición a las rayas verticales de sus mangas, su raído chaleco de lana, todos y cada uno de los más ínfimos detalles de su apariencia de perfecto usurero me vienen a la memoria sin esfuerzo alguno. Que esto no se corresponda en absoluto con el hecho de que haya olvidado por completo el objeto empeñado sólo demuestra que soy víctima de un bloqueo mental de carácter traumático. Y ése es el motivo, sin duda, por el que me duele tanto pensar en lo perdido como tratar de reunir fuerzas suficientes para recuperarlo.

Una cosa queda sin embargo, o al menos eso espero, aclarada en todo este asunto: si lo empeñé, es que algún día fue mío.

En resumen: no consigo despertarme, ni mucho menos levantarme, pero sé que tendría que llegar, como fuese (o cuando fuese), hasta la casa de empeños.

Me consta que no se toma usted nada en serio mis desvelos, no podría ser de otra forma, pues a nadie que yo conozca le preocupa lo más mínimo la suerte de sus semejantes, y si quiere mi opinión (que no lo creo), me parece muy razonable que así sea y, desde luego, a lo largo de mi vida en pie, es decir, antes de caer quién sabe si para siempre en este lecho, me acostumbré a tan sensata costumbre. Sin darme cuenta de que desinteresándome de la suerte ajena también estaba desalojando cualquier clase de interés por mi propia suerte.

Esto me quedó muy claro muy pronto, aquella vez, casi en la infancia, en que el padre Tim, no mi padre natural, que también se llamaba Tim, por cierto, sino Tim, mi párroco y confesor, no se guardó de decirme lo que pensaba en realidad de mis pecados, con una sinceridad que me hizo temblar desde el dedo más pequeño del pie hasta las gotas de lluvia que se habían posado en mi sombrero camino de la iglesia.

De tu afición a la zozobra, hijo mío, me dijo mirando al suelo, no hay fe que pueda salvarte y tampoco parece, a decir verdad, que hayas tomado la decisión de librarte de tus cuitas, de tan a gusto que estás con ellas.

¿Qué me quiere decir con esto, padre Tim?

Que sarna con gusto no pica.

Y se quedó tan pancho.

Hablando de sombreros, y esto va para ti, Elisa, te guardo con sombrero y sin sombrero en mi memoria.

¿Y de qué me sirve ahora?

También quería mucho al gato, y mira cómo acabó aquello.

Mi abuela quería mucho a un loro que tenía desde hacía tiempo, pero eso no evitó que muriera de un infarto cuando le rondó el perro de mi tía Conchita demasiado cerca de la jaula. En fin, que, por mucho que se proteja con el mayor de los esmeros lo más valioso que cada uno atesora, las lágrimas cubrirán tarde o temprano todo lo nuestro. Mi abuela, por fortuna, sobrevivió más de treinta años a su pobre loro, por si a alguien le interesa.

Volviendo a lo que estábamos, este pequeño desliz sentimental no cambia nada, ni mejora el resto de mis recuerdos, que no traen sino el runrún de una máquina medio averiada, un rudimentario molino sin grano que moler que gira torpe y sin función alguna, tal vez porque no fui capaz de huir a tiempo. Antes de ser definitivamente atrapado en la espiral que construyó los muelles de este muñeco que salta de la caja sin sorpresa a poco que se apriete el sencillo mecanismo. Un saltimbanqui sin niño que le aplauda, que hace boing y para nada.

Y es eso, el no haber sido capaz de poner tierra de por medio, lo que ahora más me quema, como un rencor que no se apaga con un sinfín de buenos pensamientos.

¿Cuántas veces estuviste seguro de que ya era hora de abandonar la ciudad de tu juventud con sus mil farolas, anuncios gigantes de pequeños placeres, neones o luces led o como las llamen y semáforos alumbrando absurdos trajines de todo punto innecesarios y encontrar de una vez la paz en la colina de tu vejez? Cientos de veces, si es que llevo bien la cuenta. Noche tras noche conseguiste conciliar el sueño con ese insensato proyecto. Si hasta llegaste a pensar en la maleta más adecuada para ese viaje, y a diseñar con la eficacia de la araña cada hebra, cada paso, cada aliento de tan necio plan.

Establecerte en otro sitio, frente al mar a ser posible, en un país amable y extranjero, donde nadie reconociese ni tu rostro ni tu nombre, dejando que el rumor de lo que fue tu vida se fuera apagando con calma, hasta desaparecer del todo, como un apunte al carboncillo arrancado del cuaderno de dibujo y expuesto a las inclemencias del tiempo.

Sólo así podrías levantarte cualquier mañana sin temer al hombre que te espera al otro lado de la puerta y, de paso, reconstruir los huesos rotos de tu orgullo.

¿O no? ¿Y si eso no fuera posible? Algo me dice que también ese sujeto que imagino con detalle como el perfecto sustituto para este molesto allegado, por distinto que fuera, se ha de convertir más pronto que tarde, por fuerza, en otro enemigo. Al igual que los reyes destronados o los mendigos que encuentran de manera inesperada riquezas no cambian en lo sustancial, sólo conseguirás transformar tu apariencia y, por tanto, aquello que desde el principio viajó contigo donde fueras no te abandonará ahora por un simple cambio de escenario, o de fortuna, o su revés, abortando así toda posibilidad de escape.

Por esa misma razón, los vigilantes de una penitenciaría dedicados a atajar los vanos intentos de fuga sonríen maliciosos, a sabiendas de que, en caso de fallar en su tarea (siempre se evade alguno), el pobre reo llevará consigo su condición miserable a la calle, y no será nunca otra cosa que un reo en el alma, travestido de hombre libre.

De vuelta en el hotel en el que me imagino estar (queda ya claro que es preferible un hotel a una cárcel), la soledad de este comensal se extiende con elegante serenidad sobre un mantel bordado y rematado con mimo en los bordes con flores que parecen claveles. También estas disparatadas suposiciones me sobrecogen. Imaginar manteles no es poner la mesa, ni es cierto, por más que lo repita el mismísimo Mandela, que la mente sea capaz de campar a sus anchas mientras los huesos se pudren tras las rejas de una celda.

Se impone, dentro de la marea de esta pesadilla, buscar algún atisbo de cordura. Vayamos, pues, por orden. Me invento que es posible no moverme nunca (aunque sé que no lo es) y enseguida me siento atrapado por la precisa maquinaria de mi absurda invención. ¿Qué sentido tiene? Pues te diré qué sentido le veo al asunto. No arriesgarse a ser lo que es obligatorio e inevitable ser allá fuera. Despierto en el mundo, no se puede sino formar parte de él. Y una vez aterrizado en ese extraño planeta, ten mucho cuidado, amigo mío: todo lo que se pueda edificar, cualquier construcción de uno mismo, por pequeña que ésta sea, conlleva un fatal peligro.

Tan fácil convertirse en déspota como en siervo, si se abandona la cama y se adentra uno realmente en la jungla que crece salvaje y se extiende fuera de esta cama. Una al menos de tan tristes posibilidades parece inevitable. ¿Qué condición elegir (si es que se pudiera) entre víctima y asesino? Imposible encrucijada. Como inevitable es también el certero destino de tan ridículas cavilaciones junto a la almohada. La vergüenza, por tanto, estaba desde el comienzo asegurada. El bochorno parece ineludible y como siempre inapelable. El mundo de ahí fuera, si algo confirma, es la condición grotesca de cada empeño. Y lo estéril de la protesta subsiguiente o cualquier intento de discrepancia. No hay más que un camino, por mucho que uno se empeñe en construir laberintos, y una vez que echas a andar, amigo mío, sin darte ni cuenta ya estás dando todos los pasos necesarios para consumar tu risible aventura.

Poco importa con cuánto coraje te enfrentes a los vientos salvajes del cabo de Hornos, o con qué arrogancia te encierres en una jaula de leones. Podrías ir a la Luna, ya puestos —siempre que superases esas rigurosas pruebas a las que se someten los astronautas—, y aun así no llegarías tampoco a ningún lugar muy alejado de tu ridículo anhelo.

Aquí solo, en cambio, en esta extranjera habitación, puedo consolarme a placer, resarcirme de mi inane naturaleza, ignorar el peso de mi propia presencia y, ya que estamos, prepararme como es debido para fingir extramuros, en ese vasto territorio inhóspito, la arrogancia de un titán, pues es bien sabido que es esa determinada impostura la que acepta y exige el mundo. Todo esto en caso de que consiguiera o quisiera conseguir salir del catre.

¿Y qué podría hacer con estas lecciones tan bien aprendidas en mi modorra? Pues es muy sencillo, retrasar más allá de lo que recomiendan el buen juicio, las buenas maneras o, sencillamente, la lógica más pedestre mi partida de este nido protector, hasta estar dispuesto cuando menos a hacer lo útil para el mundo (que no es sino lo estéril para el alma).

Decir mis buenos días, por ejemplo, con admirable (y bien fingida) normalidad. Ese pequeño logro sería un formidable principio.

Pero, y aquí me asalta otra duda, buenos días ¿a quién? Si apenas soy capaz de imaginar un carné de baile vacío, una chistera olvidada, una viuda desconsolada o vengativa, un castillo abandonado, enemigos escondidos entre los arbustos, un carrusel oxidado, una orquesta que desafina bajo una pérgola, un buscador de setas desnortado (y en consecuencia envenenado), etcétera, etcétera...

Espera un momento, que, para mi sorpresa, un niño angelical entona ahora un réquiem y el bufón que fui aborta en el aire una cómica pirueta y cae de bruces contra el suelo de mármol. Qué le vamos a hacer, no haberlo intentado.

Y mientras voy cavilando en estas naderías, creo escuchar el silbido acerado de la guillotina, como todas las mañanas, y sólo después de mi correspondiente ataque de pánico, como cada día, amanece.

No sólo para mí, claro está, no soy tan memo, amanece igual para cada uno, para los más vivos y diligentes y para los quietos, de manera idéntica para los más ilustres difuntos que para los soldados desconocidos, y discurren igual todas las jornadas, entre solemnidades, elogios, agravios y burlas, celebraciones y condenas. Puñales grotescos lanzados por un feriante con los ojos vendados alrededor de una silueta que bien puede ser la tuya.

Me despertará finalmente un claxon, como a los demás, mientras los coches se suman a la autopista, primero con precaución y enseguida veloces, partiendo la mañana en dos, severos y fugaces como firmas al pie de un contrato, un epitafio o una carta de amor.

Y me despertarán tambores o calambres, el sonido estridente de un noticiario, el ladrido de un perro, el corretear de los enfermeros, los lamentos de un niño frente al aburridísimo desayuno que ya intuye, aunque aún no lo sepa, que se llama futuro, pero no un futuro de naves siderales, como sería lógico esperar, sino un triste mañana de lo mismo hoy que antes que siempre. ¡Mecachis en la mar!

El deseo era también un despertar, pero ahora el deseo se me antoja un estorbo que apenas interrumpe e incomoda la placidez del sueño.

¿Por qué de niño temía tanto el momento de sucumbir al sueño y hoy me aterra abandonarlo? El maldito desayuno lo arruinó todo.

Y si no desayunas porque no puedes, es aún peor, como bien saben los que, sin la oferta de otra pena ni la culpa de otro delito, pasan hambre.

En fin, que hoy es otro hoy y un hoy como cualquiera.

Aprovecho para, en lo posible, centrarme un poco.

Considero todas las posibilidades y la respuesta más consecuente ante cada una de ellas. Un qué haría en cada caso, por decirlo así.

Con la poca calma de la que soy capaz, sopeso las alternativas.

Si estoy en el extranjero.

Si estoy en mi habitación.

Si viajo hacinado en un submarino.

Si estoy encarcelado.

Si estoy enfermo.

Si me recogió la caridad y reposo en un triste dormitorio de las hermanas agustinas recoletas.

Si estoy a tu lado.

Si duermo junto a la boca de un volcán.

Si estoy flotando en el espacio, cada vez más lejos de casa.

En cada una de estas opciones, unas más probables que otras, pero todas posibles, sólo me consuela un fantasma: tu nombre.

¿Te obligaré a cargar con ese peso?

Espero que no, pero no puedo asegurártelo.

Si me he convertido finalmente en el pordiosero que siempre anduvo tras de mí, que así sea, caramba. Mendigaré como el mejor de todos ellos y haré de mi insignificancia mi bandera. Despreciaré con la fuerza inquebrantable de los mendigos y juraré inútiles e improbables venganzas contra los opulentos (y para un mendigo todos lo son), y si algún miserable de mi misma condición se atreve a gruñirme, como sólo los mendigos se enseñan los dientes los unos a los otros en la desesperada disputa por un pedazo de pan duro, por ejemplo, o el último trago de una botella de vino caliente abandonada en la basura bajo el maldito sol del verano, defenderé lo mío con saña y hasta con sangre, si es que llegara el caso. ¡No me arrebatarán mi bien ganada limosna tan fácilmente!

Seré el mendigo que los extraños compadecen, pero que los propios temen. Haré valer mi ira entre miserables como yo, hasta que todos ellos entiendan que con este mendigo no se juega. Clavaré los dientes en el cuello de un cisne, si es necesario, para que el resto de los desesperados lo entiendan bien clarito. No me detendré en la defensa de lo poco o nada mío, no habrá apestado que le quite el catre sin lucha a este apestado.

Si por lo contrario me esperan en algún palacio, ah, ahí ya la cosa cambia... Me vestiré de manera impoluta y con *flair*, y derrocharé intranscendente ingenio en conversaciones inanes. Elogiaré tocados y broches, rebajaré el entusiasmo de los contertulios ante ciertas obras de arte claramente sobrevaloradas y me moveré entre disquisiciones políticas con la mesura de un embajador del más diminuto país perdido en el cinturón de fuego del Pacífico. Saldré siempre en la segunda tanda de la fiesta, no en la impertinente primera como los cagaprisas, pero tampoco en la postrera como los insufribles latosos. Y por supuesto las flores que lleve a mi anfitriona serán recatadas pero exactas. La clase de flores que hacen que una dama se intrigue al tiempo que las recibe con sumo agrado y sin ofensa alguna.

Y, claro está, una vez abandonada la charada y a solas, caminando ya de vuelta a casa, me congratularé en silencio de lo bien escondido que estuvo mi profundo desprecio durante toda la velada.

Sólo hay dos formas dignas de abandonar una fiesta: odiándote a ti mismo u odiando a todos los demás.

Me prometí no confundir nunca la ira con guirnaldas.

Me prometí acertar en las maneras y los gestos adecuados para cada encuentro, pero claro, también me juré siempre en pie al lado de un cañón, sin saber que sería desarbolado por la vergüenza que causa el desatino. El viento, que ayer inflaba las velas, hoy talla la silueta de una derrota en el corazón de cada montaña. Sólo la arena bajo los pies diminutos de los niños permanece inmaculada. Pero ¿qué niños? ¿Qué arena es ésa? Un recuerdo también se evapora, con el ritmo cruel con que se enfría un bizcocho o se calienta el champán.

¡Más hielo para la fiesta! Cubiteras de plata para las bebidas, por favor, tratemos a esta gente como es debido. Mi disposición es buena. Juro que me he propuesto ser un gran anfitrión y, sin embargo, mi ánimo es sombrío y se va hundiendo más y más, calculo que hasta el quinto círculo del infierno (donde se hallaban los perezosos entre los airados, si no recuerdo mal), según pasa la mañana y se acerca la hora que yo mismo, eterno dicharachero, dispuse para el encuentro, la fiesta y la algarada. Veo cómo la nube de confeti y la ola de champán se acercan, inexorables, como las tormentas de arena en el desierto, y el valor que se le presupone a un beduino que se tenga por tal se evapora más rápido que el alcohol en *flambé*.

El pianista ya ha llegado, pero aún tendrá que esperar. La DJ, que es una chica alemana estupenda que además está empezando a pintar en serio en gran formato (ya ha conseguido galería en Leipzig), está caldeando el ambiente. La juerga va a comenzar.

Me gustaría saber a quién coño se le ocurrió esta fiesta, pero ya es tarde para que sirva de nada conocer la respuesta. Siempre es tarde, muy tarde, cuando se trata de preguntas cruciales. Hablando de lo cual, aparta tus absurdas preguntas ¿cruciales? de la mesa del jardín, que ya traen los primeros canapés. Dicho y hecho, los canapés toman posiciones como un disciplinado cuerpo de baile en las largas mesas bajo la parra mientras camareros uniformados colocan con esmero delicados centros de mesa con flores frescas, frutos secos y hojarasca. En definitiva: el asunto se complica y parece ya imparable.

Me consta que, en realidad, nunca he dado fiesta alguna, pero si lo hubiera hecho, los terrores más severos se habrían apoderado sin duda de mi alma incauta. Desde el balcón, asomado, esperaría tembloroso a los invitados, escucharía con pavor cómo comienzan a cruzar el sendero, riendo, ataviados para el baile, y me angustiaría un sinfín de preguntas. ¿Y si la cena no es la adecuada? ¿Y si no hay licor suficiente en la casa? ¿Les gustará la orquesta de salón que hemos traído del pueblo? Tampoco había mucho donde elegir.

El pianista ¿sabrá tocar algo más aparte de boleros? ¿Será de su agrado el *house* industrial germano? Quizá no mandé las invitaciones a la gente apropiada, es difícil saber cómo mezclarán unos con otros, si encajarán o si se formarán los inevitables bandos que dan al traste con tantas celebraciones bienintencionadas. ¿Y si todo sale mal? ¿Y si acaba la noche envuelta en broncas, peleas y llantos? O aún peor, en un soberano aburrimiento. No podría soportar la decepción de mis amigos. Por eso hay que ser firme con la cancelación de todas y cada una de las fiestas, y por eso renunciar a la cama no parece aconsejable. ¡Y qué decir de cualquier otro empeño!

Desastre asegurado, amigo mío (en ocasiones me hablo con cordialidad y cercanía para no perder de vista a quien quisiera haber sido), nada de lo que se intente conseguirá jamás salir de este riguroso bucle que premia cada ilusión con una mofa (sin duda merecida).

Acercarse a cualquiera, extraño o no, es también abrazar de manera voluntaria el más profundo desasosiego. Y aquí debería corregirme, pues todos son extraños y nada se nos ha perdido en sus asuntos. A menudo sólo verlos o incluso pensar en ellos incomoda. ¡Mete las narices en lo tuyo!, me repito a modo de oportuna reprimenda. ¿No ves que andan preocupados por dentro, tanto o más que tú mismo? Aléjate de sus diminutos infiernos y acomódate en el tuyo. Hay que parar de una vez por todas esta insensata manía de querer inmiscuirse en las cosas de los otros, muchacho (y con otros, ya lo saben, me refiero por enésima vez a mi propia madre, a mi hermano, a mi mejor amigo, a mi perro, al amable charcutero, al campeón del mundo de ajedrez o a quien sea que tuviera a bien prestarme la más mínima atención o la paciencia de soportar mi compañía). No es posible volver a dormir, pero se puede evitar, y así hemos de hacerlo, abandonar por completo esta sagrada quietud, hay que agarrarse a ella como sujetan las aves rapaces sus indefensas presas. Ay de ti si la dejaras caer. Sabes lo que te espera si no logras extender hasta el límite de lo posible el amparo de esta sagrada duermevela.

Despertar del todo sería hundirse una vez más en la ciénaga de lo real y aceptar las consecuencias. Abandonar este refugio para arrojarse otra jornada y sin remedio en los brazos de la indignidad y la vergüenza. Es bien sabido que frente a todo lo que existe uno se sonroja. Incluso frente a los gatos. Especialmente frente a los gatos.

Sí, lo sé bien, en eso lleva usted toda la razón.

Gracias. Me explico, por si las moscas, con un ejemplo. Prometo que no será largo de contar.

Conocí a una gata a la que llamaban Bolita. No era mi gata, pero le había cogido cariño. Todo el cariño que se le puede coger a uno de esos esquivos y extravagantes bichos. Era guapa, Bolita, y elegante, no sé nada de razas de gatos, pero parecía una de esas muy sofisticadas. ¿Siberiana? ¿*Maine coon*? Ni pajolera idea. Se diría que llevaba una estola de lince alrededor del cuello y era, a su manera, distante y gatuna, tirando a afectuosa. A veces se frotaba como sin querer con mis tobillos mientras trabajaba en la mesa del jardín y no daba la sensación de que aquello le disgustase, aunque también puede ser que me lo estuviera imaginando, pues en aquella época yo era joven y presuntuoso y me sentía algunos días muy sexy, sobre todo estando solo. He de reconocer que en ocasiones incluso fingía que trabajaba sólo para verla venir. Aquella amorosa Bolita era, sin lugar a duda, una de las gatas más finas que haya visto en la vida, tanto que resultaba imposible imaginársela en ninguna otra circunstancia que en aquellas dignas de ser pintadas por un cursi paisajista inglés del XIX.

Hasta ahí todo bien, pero resulta que un día cualquiera me levanto muy temprano, mucho antes de lo habitual, por no recuerdo qué desvelo o qué pesadilla insensata, y al salir al jardín a fumar un cigarrillo oigo cerca de la cochera un ruido extraño, y al acercarme pensando que podría tratarse de un ratón de campo o cualquier otra alimaña me encuentro con que una bolsa entre una pila de bolsas de desechos se mueve sospechosamente, como si tuviese de pronto vida propia, y por supuesto me inquieto y me dirijo con sigilo a la cochera temiendo encontrarme con una desagradable sorpresa, y al llegar allí a quién veo si no es a la mismísima señora Bolita con la cabeza hundida hasta dentro revolviendo desperdicios de la cena y Dios sabe qué otras cosas y dándose lo que se dice un festín de guarrerías. Pensé que se me rompía el corazón allí mismo. Por favor, Bolita, no me hagas esto, no te pega nada. No con esa apostura tuya y esa gracia natural. Y creo que hasta exclamé: ¡Bolita, no me decepciones de esta manera! ¡Apiádate de mis pasiones, por favor!

La pobre gatita sacó la cabeza de la bolsa de basura y allí, en medio de todas aquellas inmundicias desparramadas por el suelo de la cochera, me miró como diciendo: lo siento, muchacho, no haberme idealizado.

A partir de ese día, nuestra relación se fue enfriando. No sé si por su culpa o por la mía.

Ella ya no se rozaba con mis tobillos durante mis largas sesiones de trabajo y yo, a decir verdad, no la esperaba con el anhelo de antaño. Se puede decir sin temor a equivocarse que lo nuestro, fuera lo que fuera, había muerto.

Pensé que me reprochaba haberla visto en una situación que ella no hubiese querido nunca que yo presenciara, y que, por lo tanto, era consciente de que a mis ojos ya no podría representar en mi absurdo sueño la figura perfecta que mi arbitraria sublimación le había asignado. Aunque lo más probable es que la gata ignorase mis desvelos.

Pobre Bolita. Si alguna vez le hice daño con mi desdén, pido perdón. No sabía entonces (lo sé ahora) que los sueños se derrumban por los dos lados, por la culpa idéntica que se esconde en la orilla del iluso y en la ribera del fraude; el soñador y lo soñado son cómplices perfectos y necesarios de la misma estafa.

Y añadiría que no es justo. Y que, desde luego, fastidia. Nadie debe ser esclavo de un traspié, de un error de cálculo, de una ilusión mal formulada, nadie deja de merecer una apelación o una excusa, o si acaso la oportunidad de un propósito de enmienda, cuando menos un nuevo intento. ¡Quién me dice que la próxima vez no sea todo muy distinto!

Ah, pero la realidad se impone, el juicio ya se ha celebrado, el veredicto se ha pronunciado, la condena es firme. Es demasiado tarde para presentar recursos o reclamaciones.

Tampoco llorar ahora serviría de nada.

Haber soñado es definitivamente un crimen contra la razón.

Y eso no es lo peor, lo más siniestro es que en la desilusión de lo soñado germina de maravilla el rencor.

Cosas que van de aquí para allá.

¿Con qué intención?

¿De dónde vienen y a quién pertenecen estos triviales recuerdos? Y lo que es aún más inquietante, ¿para qué? ¿Acaso te formulan, te perfilan o, por decirlo en términos prácticos, te configuran?

Ni hablar.

Y si es que lo hacen, habría que preguntarse también qué función precisa se le supone a esta rudimentaria construcción.

Ni los principios son gran cosa ni los finales coronan; da igual cuánta basura o de qué clase haya en la bolsa, o que prefieras cerrarla con un nudo o con un lazo, no dejan de ser desechos.

Patrón de recompensa, memoria de dolor, la marca de agua de la humillación y, en consecuencia, la lógica sed de venganza. Resortes mecánicos de conducta, en cualquier caso.

Malditas mudanzas. ¡Hala, a abrir otra de esas pesadas cajas llenas de nada! ¿Quién escribió *frágil* en las tapas?

Tengo aún presente la escena de Elisa con una tetera en la mano, pero el té aún no comienza a caer en la taza. ¿Por qué? La pobre no inclina la tetera, como si de pronto un pensamiento hubiera detenido cada uno de sus más simples gestos. Entonces se da cuenta: ¡eureka! Y por fin solloza para sus adentros y encuentra la causa de sus males. La verdadera razón de su desdicha la tiene la desgracia en la que poco a poco, pero de manera inexorable, se fue convirtiendo su aventura. Digámoslo claro de una vez: el amor no fue en absoluto lo esperado, y las ilusiones que la ayudaban antes, como los más fieles ángeles guardianes de lo propio, se han ido derrumbando una tras otra. De las promesas que le hicieron no queda rastro. ¿Esperaba demasiado? No lo cree, nunca pretendió conseguir nada más que lo justamente merecido, cumplió con creces su parte del trato, a veces con ganas y otras sin ellas, sacando fuerzas de flaqueza, siempre al frente de la empresa. Le duele la espalda al recordarlo, como si le recorriera un alambre de espino desde la rabadilla hasta la nuca, a pesar de haberse cuidado con esmero y de no haber ganado peso significativo desde la adolescencia, y a pesar de su férrea constancia en el ejercicio más saludable (y de menor impacto aeróbico) y de hacerse fiel practicante de la dieta más sensata, y de haber abandonado, además, hasta el más inocente de los vicios hace ya décadas. El dolor mortificante en la columna vertebral no puede tener otra causa que el lamento de un alma quebrada por la injusticia. Para el causante de este mal, guarda a buen recaudo su odio eterno. Mientras espera a que lleguen sus amigos para llevarla a la cena, donde no tendrá más remedio que fingir de nuevo despreocupación, entereza y hasta una sana alegría, no puede sino maldecir en silencio a quien en retorno a todos sus muchos y hermosos favores no correspondió más que con vilezas y decepciones. Incluso si en verdad es capaz de disfrutar, pues a menudo lo consigue, esconderá para siempre en algún lugar sagrado de sí misma la espada de la justa venganza, bien afilada. El vestido, en cambio, es bonito, floreado y jovial, un atuendo ligero apropiado para las noches felices de verano, lo que confirma que sus intenciones están bien disfrazadas y, aún más, que sus desdichas se limitan sólo a una parte de su día, sin ensombrecer verdaderamente su natural buen ánimo. Se puede ser feliz y odiar al mismo tiempo.

Por supuesto, cuando llegan por fin al restaurante elegido en el centro, nada menos que la más reciente apertura de Tate en Europa, donde, según se rumorea, la fabulosa cocinera hongkonesa ¿Vicky Lau? conseguirá muy pronto la ansiada tercera estrella en esa guía que es tan importante que hasta los reponedores de perecederos del supermercado saben cómo se llama, ninguno de los presentes será capaz de adivinar jamás la amargura que tan bien se reserva para quien tan eficazmente se la labró a pulso, surco tras surco. El culpable conoce bien su nombre, así que tampoco vendría al caso arruinar ésta o cualquier otra velada con su fantasmagórica presencia. ¿Más *chardonnay* de la región de Ningxia? Sólo un poco más, por favor, mañana pagaré la penitencia en el gimnasio. Por cierto, nunca hubiese llegado a imaginar que el vino chino pudiera ser tan exquisito. Sí, sí, ya sé que ahora se está poniendo muy de moda, pero hasta que no pruebo las cosas no puedo estar segura. Al fin y al cabo, no se cata de oídas.

¡Ni se pesca sin anzuelo!, añade un alegre comensal sin venir a cuento.

La noche se promete encantadora.

Y entonces, querida Elisa, ¿de qué enemigo se trata? ¿Quién es el maldito que detiene en el aire, en estéril posición, tu preciosa tetera de porcelana? ¿Ése? ¿Yo? ¿Otro?

Se puede llegar a imaginar que uno es el enemigo, pero ¿cómo estar seguro?

Por fortuna, este delicioso vino chino de no sé dónde distrae todo pensamiento, disipa el malestar, mece con tan delicada atención lo mejor de nuestro espíritu que al menos por un instante eres casi feliz. ¿No es así, mi querida Elisa?

En cuanto a mí, reconforta pensar que tal vez es Tim el verdadero culpable de tu dolor. Porque siempre es el viejo Tim el culpable de casi todo. Para eso inventé a Tim: para quererle, para temerle, para irme de parranda con él, para cagarme en su padre si se me antoja, sí, pero también para resguardarme tras su imaginaria torpeza y su soñada villanía.

Desde la cama aún soy capaz, en duermevela, de conservar el alma tranquila (puede que gracias a esta costumbre adquirida de echarle a Tim la culpa de todo), muy lejos de la amenaza del primer paso en alguna de las direcciones posibles. Un alma congelada si se quiere, pero, se mire como se mire, mejor congelada que podrida. Por lo tanto, resulta más prudente, por ahora, limitarse a vigilar la dichosa puerta, a la vez extraña e inevitablemente mía, con la esperanza de someter el universo entero a una condición amable, obligarlo a convertirse por una vez en un infinito postrado, como el perro que duerme a los pies de su dueño. ¿Es mucho pedirle al día que, aunque sea sólo por hoy, repose a mi lado y no me amenace?

Pero, por otra parte, ¿por qué habría de hacerlo? Y por qué precisamente por ti. Poco importa cuánto implores o lo justas que consideres tus plegarias. No veo por qué habría nadie de atenderlas. Es importante en cambio que sepas de una vez por todas que no dices nada que no se haya escuchado por aquí, o en habitaciones similares, desde el principio de los tiempos. Desde que Tim, el primero, vino con su lista de peticiones, todas ellas muy bien razonadas, y se ignoraron también por completo en pro de una lógica irrebatible. ¡Nos importan un bledo, muchacho! Así que, al igual que Tim, y el Tim antes de Tim, y todos aquellos que te precedieron, aplícate el cuento que tantos y tantos menesterosos aprendieron hace ya mucho.

Y mientras escuchaba estas palabras, tan justas como despiadadas, no sabía el pobre si romper a llorar o echarse a reír, con lo cual, y teniendo en cuenta que estaba en pijama, o tal vez desnudo, pero en la piltra, no le fue difícil llegar a la conclusión, si es que no estaba ya seguro, de que cualquier impulso, por pequeño que fuera, incluso la más mínima intención de espabilar, debía ser no sólo reprimido, sino castigado con severidad.

Si tenía yo que insultarme y rebajarme hasta el límite de lo soportable y más allá, hasta el lugar mismo de donde la dignidad nunca vuelve, pues qué remedio, porque, y esto resulta evidente para quien no se empecine en negarlo, siempre es preferible una completa automutilación en soledad a un escarnio frente a las nutridas legiones enemigas.

No eran desde luego pensamientos alegres, para qué vamos a decir lo contrario, pero sí de alguna manera reconfortantes o cuando menos protectores. El niño también se tapaba la cara con la manta contra el monstruo, ¿era aquella defensa muy efectiva? Puede que no, pero servía de consuelo, y, asumida la desgracia, el consuelo es todo lo que me queda.

También pesaba en su ánimo, quiero imaginar, ese eterno día de ayer en el que se había sentido tan desguarnecido frente al resto de los animales, como si su propia y bestial naturaleza estuviera a la intemperie y en inferioridad de condiciones ante las otras bestias, que, por contraste, se le antojaban bien guardadas en sus cuevas, confiadas y todopoderosas.

Allí fuera, en el mundo ajeno a la habitación, había visto sus pretendidas habilidades menguar hasta la cifra exacta de su actual ineptitud.

Aquí dentro, en cautividad, aún inseguro de sus fuerzas e incluso de la forma o el mero perfil de sus intenciones, si es que en verdad las tenía, se sentía en cambio justificado, y hasta era capaz de soñarse inocente, como un salvaje aún sin domesticar, desconocedor del grado de su torpeza o la gravedad de su (a otros ojos) desordenado comportamiento.

La presencia de un salvaje en una sociedad que le es extraña no puede en ningún caso ser sancionada con el mismo patrón que la de quien ha crecido acorde a unas reglas compartidas y, por lo tanto, de obligatorio cumplimiento.

En ese momento le apeteció gritar algo obsceno en una lengua vernácula y sólo hablada por tribus ya extintas hace centurias en las selvas más remotas, pero como ni era de verdad un salvaje ni tenía excusa alguna para su pretendida inocencia se limitó a pensar que gritaba cualquier cosa sin sentido, como ¡Dios, ayúdame!, sin atreverse a mover los labios ni abrir los ojos.

Muy a su pesar comprendía que, en el contrato que había suscrito consigo mismo, la esperanza quedaba prohibida de manera terminante, como están prohibidos según qué pecados en según qué religiones.

Hablando de salvajes, no se me debe olvidar que dejé algo muy valioso en la casa de empeños —se repetía—, algo que debo recuperar, algo que no es desde luego el guerrero zulú de mi infancia, pero ¿qué?

Es fácil de entender que resultaba esencial saber qué había perdido. Desde ahí podría empezar a reconstruir mi presencia, si no ante los demás (para ver a esos malditos extraños llamados siempre Tim sabía que aún tendría que esperar), sí al menos dentro de esta cáscara vacía en la que me estoy convirtiendo. ¿Y en qué diantres me estoy convirtiendo? Para eso sí creo tener respuesta: en un traje de tres piezas sin nadie dentro, tocado con una cómica chistera que no se posa sobre cabeza alguna, pero capaz aún de saludar, llegado el caso, al cruzarse con el resto de los invitados a esta fiesta, a la que nadie sabe, por otro lado, por qué o por quién ha sido convocado.

También Tim ha venido al baile, claro está. El viejo Tim no podía faltar, y ya que estamos enredados en animada conversación aprovecho para preguntar la hora. Nunca llevo reloj, ya lo saben, ni siquiera puedo recordar si alguna vez tuve uno, pero en una fiesta conviene estar siempre atento a la hora, por aquello de no alargarse en exceso.

Dios mío, ahora que me lo preguntas, dice Tim tirando de la leontina que cruza su chaleco para mirar el precioso reloj de bolsillo que heredó de su abuelo, caigo en la cuenta de que es muy tarde, demasiado tarde para seguir ni un minuto más charlando contigo de naderías. He quedado con Elisa, y debo confesarte que esa mujer me parece el más bello regalo de entre las muchas criaturas que Dios tuvo a bien, en su infinita generosidad, esparcir por este valle de lágrimas, y que su mera compañía hace que la tuya, o la de cualquiera, para el caso, no sólo palidezca, sino que se esfume y se diluya en la más triste insignificancia.

Joder, pues mira que lo siento, Tim, por nada del mundo querría hacerte perder el tiempo.

Por supuesto que no me di por ofendido, esta clase de desencuentros o asincronías son lo habitual en todas las fiestas, incluso en los días sin fiesta alguna que celebrar.

¿Acaso no sucede lo mismo una y otra vez?

Conversaciones banales, pasatiempos, guantes de seda, entradas caducadas para el circo, deseos, rechazos, pésames, misivas sin dirección ni remite, piruetas y mascaradas, algo en el horno, caliente, caliente (¡cuidado, te quemas!), mientras te acercas lentamente a un escondrijo en el que nadie ha escondido nada.

Un hombre como es debido no perdería el tiempo (¿la vida?) entre fruslerías, se haría fuerte tras un empeño, y sin embargo...

Ay de ti como te levantes, ya no podré ayudarte.

Definitivamente no.

Moverse no es una opción. Mi más dulce tarea es mantenerte quieto, evitar que salgas a campo abierto y te lleve la tormenta. ¿Y ahora qué gritan? Apenas se distinguen las palabras enredadas en el viento... Socorro... Ayuda... El bendito *por favor* de todas las plegarias. Contra esto también debo protegerte.

Ay de mí si no lo logro.

No te muevas, te llames como te llames (sin saber cómo ni por qué, de pronto no recuerdo su nombre), sólo espera a que pase, amigo mío, como pasa la primavera y la nevada, como pasó el incendio, como el desfile que ya acaba. Si no es por mí, te llevan, pero conociendo tu naturaleza no espero ni un triste agradecimiento. ¡Hala! Levántate y anda, insensato Lázaro, pero luego no te me quejes. Los peores sois los que estando ya muertos os empeñáis, al frescor de no sé qué brujerías o creencias, en levantaros y caminar de aquí para allá como si nada. No lo permitiré.

¿Y quién eres tú para negarme nada?

Quién voy a ser, imbécil. Lo sabrás a poco que lo pienses.

¿Y por qué este juego de voces, este campeonato de pimpón sin medallas, que vengo ya jugando desde hace tiempo y contra nadie, como si me hablara a mí mismo? Menuda majadería. Sólo los viejos o los locos se hablan a sí mismos.

La mitad exacta de la luna, ¿te has fijado?, ¿no es extraño? Y ni siquiera es de noche.

Todo esto me desconcierta.

Por cierto, ¿no te soñaste alguna vez, puede que esta misma noche, como un húsar? Con su daga incrustada de pedrería, colgada de una fina cadena de plata cruzando la pechera, por debajo de la guerrera, *¿pelisse?*, tan caprichosamente sujeta de un solo lado. Mucho más discreta la daga, qué duda cabe, que el sable ya perdido, pero tan letal como éste, si no a caballo sí en la lucha cuerpo a cuerpo. Te soñaste así, tal como lo cuento, con todo detalle. Daga en mano, pie a tierra, sin encontrar al enemigo que en el fragor de la batalla tuvo el arrojo de descabalgarte. Lo que no recuerdo es cómo se consumó tu venganza, o si la hubo. Ni cuál era exactamente la contienda. Los seiscientos hacia el valle de la muerte, imagino. O los tres ratones ciegos. Vaya usted a saber.

Las cosas se me escapan de la cabeza a la carrera, como los animales que huyen del fuego en el bosque.

Sin saber aún dónde me hospedo, o dónde me han encerrado, quiero seguir imaginando que no estará muy lejos de la casa de empeños. Porque si algo quise hacer cuando todavía tenía fuerzas para levantarme y caminar en alguna dirección, fue acercarme lo más posible a ese triste negocio de usura, por lejos que estuviera.

Es fácil entender el porqué. Aun sin ser capaz de recordar el objeto empeñado o su valor, soy capaz de sentir su dolorosa ausencia. Por la misma razón que el amor se muestra cuando es esquivo con la fuerza de un tifón, por más que no se conozca lo amado o su verdadera forma. Si lo empeñé con un dolor que, pasado todo este tiempo, Dios sabrá cuánto, no hace más que crecer como un maldito suflé de angustia, la cosita en cuestión debía de valer, al menos para mí, un potosí. Ahora bien, será un valor condenado por su precio de recompra, en cuyo caso debería ser capaz de reunir el montante y, sin atreverme a buscar la bolsa del dinero que a buen seguro he escondido bajo la cama, me resulta imposible saber la cifra exacta de mis posibilidades.

Si, por el contrario, y ahora mismo me parece la hipótesis más sensata, su valor es lo que los cursis denominan sentimental, bastará seguro con unas monedas, un par de billetes pequeños. Pero si ése es el caso, ¿cómo es que no lo recuperé antes? Tal vez sólo ahora me he dado cuenta de cuánto lo echaba de menos, y entonces todo se comprende, pero ¿cómo se explica?

Antes de entrar en tan arduas disquisiciones, deberíamos estar seguros de que en verdad estamos cerca de la casa en cuestión. Al menos en la misma ciudad, como poco en el mismo continente, y luego, claro está, tendríamos que averiguar a qué hora exacta abre su puertecita el miserable usurero, pues, y eso sí lo tengo claro, quiero llegar allí el primero, antes de que cualquiera se me adelante y se encapriche de lo mío. O de lo que fuera que fue mío en su día, aquello que en algún momento de necesidad, o distracción, me vi obligado a empeñar, probablemente a cambio de calderilla.

I

Estoy frente al espejo. De pronto me ronda un mal presentimiento, trato entonces de hacer el gesto más natural, apenas peinarme con los dedos, sólo para estar seguro de que mi imagen en el cristal azogado me sigue, pero no tengo suerte. En cambio, cuando me quedo quieto, mi reflejo por fin decide moverse. Aprovecho para intentar saldar cuentas. ¡Sea cual sea el precio de esta estancia, lo pagarás tú! Y pagarás también religiosamente la cuantía de lo empeñado, faltaría más. Si tuviste la torpeza de empeñar lo que más íbamos a añorar, ten ahora la entereza de recuperarlo.

Eso es al menos lo que pretendo decirle, lo que espero que entienda de una vez, pero no me escucha, sólo mira con incordio cómo levanto una mano mientras él, por joder, se niega ahora a mover la suya. ¿Qué hacer con un reflejo que no responde a tus gestos? Nada puede hacerse con tan desobediente compañía, de manera que trato de ignorarlo, como si eso fuera posible, antes de perder los nervios, también, a este lado del espejo.

Cuando te falla un camarada, el mundo entero se derrumba; si ese compañero de armas y juramento es además tu reflejo, ¿cómo no precipitarse al vacío de lo propio con un grito ahogado que se pierde antes de alcanzar incluso el fondo del pozo? Aquí me asalta un nuevo temor nada infundado. ¿Y si ninguno de los dos, a uno y otro lado del espejo, soy yo, para empezar? Sé que parece de locos, pero en estas circunstancias, es decir, en esta cama eterna de la que no sé si quiero salir (o si podría), se me antoja más que factible.

En esta mañana sin reflejo, no alcanzo a corroborar, ni siquiera a sospechar, quién soy o no soy. Para empezar: ¿soy Tim el arrogante o su amigo el taimado? Y, aún peor, ¿y si no soy ninguno de esos dos?

Qué hacer entonces con estos recuerdos que vienen y van, sin orden ni concierto, como pájaros picoteando los frutos de un huerto descuidado por su hortelano. Distraído, el hortelano incompetente, en cualquier otra cosa, ajena por completo a sus obligaciones. Alguien que, me consta, intentó cumplir en su día con las tareas encomendadas, pero que poco a poco cayó víctima de la dispersión o la vagancia. Eso explicaría el lamentable estado del huerto entero, casi cubierto de mala hierba, con frutos ya podridos o dañados más allá de su maduración y su utilidad. Pasto de las aves o los ladrones, si es que éstos se conforman con fruta pocha. Así se acumulan recuerdos que creo míos pero que ofrecen de manera constante perfiles extraños que invitan a la más razonable de las desconfianzas.

Tim, si al menos fuese tú. Sería capaz de vislumbrar un remedio.

Tendría entonces el coraje necesario para levantarme, si es que fuese un Tim de esos valientes, pero ¿cómo saberlo?

No sería la primera vez que una vana ilusión o un absurdo empeño obligan a un hombre a creer ser quien no es, dejándole a la intemperie de la más cruel de las revelaciones, pues tarde o temprano, no importa el tesón con que uno se sueñe distinto, descubrirá la cifra exacta de lo suyo.

¡Qué inútil imaginarse!

Y qué soberanamente aburrido reconocerse...

Espera, que empieza el baile. Cualquier estado de ánimo cambia una habitación.

Ella pregunta: ¿De qué vas vestido?

Pensé que era una fiesta de disfraces.

Me temo que no.

Ésta sin duda es otra fiesta, no la que yo me imagino en mis delirios que he convocado. Es una fiesta a la que fui, pero no recuerdo cuándo.

¿Fui con Tim o con Elisa?

Tim, Tim, Tim, me consta haberte dicho antes que no volvieras nunca a llevarme a sitios así. Y Tim, claro está, se reía y se reía. Tanto se reía el buen hombre que su cuerpo se partía por la mitad como un jugoso melón en una tarde de verano, cortado con un hacha de leñador. Qué sabroso melón, Tim. Dame una buena tajada. Y entonces Tim apagaba esa risa contagiosa, para dejarme a oscuras, y añadía: Sitios así son los que te gustan, mi querido amigo, lo sé bien, con bebidas baratas, gente rara y música insoportable. Te gusta mover las manos y los pies como un mono ciego. Te gusta beber vino amargo, peleón, y que mañana te duela la cabeza hasta llorar, y estar ahora, en cambio, tan estúpidamente alegre que por tu boca no salgan más que altanerías y memeces de las que luego arrepentirse.

Y sólo entonces, después de cantarme las cuarenta, me devolvía esa risa de melón abierto en dos que tanto me gustaba. Y así las noches, y así los días.

Tim, Tim, Tim, ¡qué feliz me hacías! ¿O era Elisa, con sus fabulosos sombreros y sus vestidos de flores y su mirada perdida en algún detalle invisible de la escena, la que alegraba las noches en los bares, en las fiestas, en cada una de esas malditas verbenas? ¿Dijo Elisa lo que ahora creo recordar? «No esperes nunca de mí que te arregle la valla del jardín». ¿De qué jardín estaba hablando? No recuerdo haber tenido nunca ninguno.

Y después de los besos (¿de verdad los hubo?), después de los besos me darás la espalda, querida Elisa, lo sé.

Ella creo que hizo amago de contestar, pero entonces el dueño de la taberna cerró un puño y enseguida, irritado de veras, sacó un grueso cayado de detrás de la barra y comenzó a agitarlo en el aire tratando de convencernos de que la fiesta se había terminado, y entendimos que ésa y no otra era su manera de decirnos bien a las claras que nos largásemos de una vez, mientras, por si acaso alguien aún albergaba dudas, los camareros cubrían el piano con una funda y las luces de la pista de baile se apagaban. El palo del dueño iracundo casi te da, Elisa, pero lo esquivaste como una acróbata, y fuiste lo bastante sensata para empujarme hacia la puerta de salida, pero allí mismo nos paró un borracho del tamaño de la cordillera Cantábrica que amenazó (en mi humilde opinión, sin venir a cuento) con dejarme la cara tan plana como un sello postal con doble franqueo. No, no era exactamente así, creo que lo que dijo (y cito de memoria) fue: Te voy a dejar la carita tan aplastada que la vas a poder pegar en tu álbum de cromos. A lo que tú, Elisa, contestaste: Puede que sí, hombre montaña, pero algún día echaré matarratas en la receta de albóndigas de tu madre y cuando estés cagando por última vez te arderá tanto el culo que al llegar al infierno te vas a sentir aliviado.

Ay, Elisa, amiga tan querida, la mejor para llevar a un baile y la mejor para enzarzarse en una bronca.

No puedo recordar, por más que lo intento, el motivo inicial de la disputa, pero sí que el coloso ebrio supo, en ese mismo momento, que contigo no se podía, ni por las buenas ni mucho menos por las malas.

Y mientras caminábamos de vuelta al hotel, por la vereda del río, me mirabas, creo, con deseo, o tal vez eso también lo imaginé. Y luego, y hasta hoy, no volví a saber de ti.

Si me escribiste alguna vez una postal, no me llegó.

Pero leí todos los periódicos desde entonces, buscando la noticia de un hombre muy grande, grande como una montaña, envenenado por las albóndigas de su madre.

Tampoco encontré mención alguna al respecto.

Y me hubiera gustado, la verdad. Me hubiese recordado a ti.

Qué noches aquéllas, Elisa, tan descuidadas como alegres.

Ahora se impone, por el contrario, ponerse muy serio y hacer muchos planes. La modorra tiene estas cosas, que con el mismo tesón con que se dedica a esconder obligaciones inventa proyectos insensatos.

Habrá que visitar ciudades. Al menos así lo ha decidido en este segundo de caprichosa determinación. Y cementerios, también habrá que visitar cementerios. No me digas que no tienes nada que contar a los muertos. Presenta tus respetos cuando menos. No escatimes tampoco tu silencio, a los muertos les encanta que los rieguen, incluso que se esfuercen en anegarlos, bajo una lluvia de silencios. También aceptan oraciones, de muy buen grado, responsos, y a veces agradecen canciones, panegíricos y loas, y lágrimas y, claro está, flores. Viven de eso, los muertos. A diario desesperan en charcas de silencio propio, y cualquier silencio ajeno o ruido que flote sobre agua tan triste se les antoja nenúfar. Para un muerto, el rumor de una pena es como para un vivo la visita de un pájaro en su casa.

Del cementerio, ya deberías saberlo, derecho a la gasolinera, a llenar de combustible el primer coche que encuentres con la radio a todo volumen.

¿Qué canciones? Las que sean, si son de Atahualpa Yupanqui mejor, pero no estamos para elegir.

Cómo me gustaría estar ya en la carretera con el viejo Tim, cruzando el desierto, cualquier desierto, sin nada que hacer más que decir cosas sin sentido.

¿Queda poco para El Paso? En la bolsa de piel llevo anfetaminas y gominolas suficientes para cruzar la Luisiana. ¿Recuerdas la bullabesa de cangrejos estilo cajún de la vieja Marcela, en la ruta de Acadiana? Nada ha vuelto a saber como aquello. Creo que todo va a terminar con una brisa.

Me temo que no, ya huele a quemado, amigo Tim. Esto va a arder tarde o temprano, quizá ya ha ardido.

Me gustaba mucho una canción. No viene al caso, pero creo que era de Les Rita Mitsouko.

¿*Marcia Baila*? Creo que era ésa, pero quién sabe, las cosas se me van de la cabeza una vez más como los lirones que se queman el culo en el bosque.

Esta mañana, los recuerdos van de aquí allá como un cartero despistado que no sabe de quién son las cartas ni en qué dirección entregarlas, ni dónde quedan los buzones donde habrá de recogerlas, pero que todavía mantiene firme la gorra.

La gorra es esencial.

Estoy de nuevo en casa, en este otro recuerdo. Se me quema algo en el horno, pero una vez más ¿qué? Si en el horno no he metido nada, nunca ceno cuando ella está fuera y, por tanto, no hay nada que hacer con el horno. Ni con el pan, para el caso.

Todo muy arbitrario.

El pasado noviembre fue aún más extraño. Jilgueros que conducían trenes con gorras de fieltro como las de los antiguos maquinistas de locomotoras de carbón, cazadores limpiando las escopetas de hollín con cepillos de dientes eléctricos, dos violinistas enamorados de la misma recepcionista del conservatorio, prácticas de guerra en el bosque para soldados ucranianos, cementerios en llamas y cosas por el estilo. Y ni siquiera estaba fumado ni había bebido. Luego, al parecer, intenté estrangular a Tim.

¿Y si fuera una colección de sellos lo que llevé hasta la casa de empeños?

No puede ser, si apenas tenía unos treinta de curso corriente (y franqueados).

Seguiremos buscando.

De mi oficio recuerdo poco o nada. ¿Fui útil? ¿Al menos eficiente? Imposible saberlo. Tampoco me parece que ahora mismo sea un asunto de especial relevancia.

Todo se reduce a quién puedo ser, o qué puedo encontrarme, si consigo al final levantarme y cruzar esa puerta. ¿Qué tiempo hará? ¿Estará nevando? No creo que esté equipado para deportes de invierno. Pero aún podría ser peor, cabe la posibilidad de que disparen, de que haya hombres enmascarados cazando enemigos de casa en casa. A menudo hay que operar con esa crueldad en la guerrilla urbana. Y en tales escaramuzas, apenas da tiempo de distinguir entre culpables e inocentes.

Puede que la luz que supongo sea artificial y esté en el interior de un túnel. Pero ¿y si el túnel también está bajo ataque o vigilancia? Hay toda clase de asesinos y guardianes en los túneles. Y volviendo a la hipótesis del cautiverio: ¿será este encierro merecido? Difícil saberlo; con frecuencia las razones de los otros son el nombre de nuestras culpas.

De poco te sirve ahora, en esta habitación, pensar en bulevares, distinguirte entre los asistentes a una cena de gala (o una verbena de pueblo), buscar tu figura entre las sombras de un andén bajo la lluvia; poco importa desde aquí el tamaño o la forma de tu sombrero, la horma de tus botines, tu marca de cigarrillos favorita, el aroma de las flores que llevabas en las manos.

Si fue ingenioso ese comentario, a nadie le importa; si las peonías estaban bien escogidas o al menos fueron bien recibidas o si por el contrario te dieron en esa precisa ocasión, o en cualquier otra, con la puerta en las mismísimas narices, a nadie incumbe hoy ni cambia nada. ¿Salió la construcción según lo planeado? Qué más da. A cuento de qué tanto desvelo. Te rascaste cuando te picaba, elegiste el menú del día, te peinaste con la raya a un lado, te esforzaste cuando lo consideraste tu obligación (o aun sin ese aliento) o quizá ni te esforzaste. ¿Y qué quieres a cambio? Una palmadita en la espalda, un elogio o la mera sensación de que algo de lo dicho, hecho o soñado sucedió realmente. ¿Te conformarías con eso? Dudo mucho de que ninguna de esas pírricas recompensas fuera suficiente para levantarte de esta cama, en este día señalado.

Hasta ahí no puedo sino estar de acuerdo, y considero ahora, con la perspectiva que me da la distancia, que algo de eso intuía en el pasado, cuando a cada afán y a cada empresa, por minúscula o supuestamente gloriosa que fuera, le cedí una cantidad tan magra de entusiasmo. Peor aún que estar aquí tumbado sería arrastrar la cadena de hierro de la decepción. Lo poco o nada que invertí en la empresa es lo único que me consuela.

Haber cabalgado (es un decir) con la absoluta convicción de la intranscendencia de todas las batallas. También me reconforta, y hasta me enorgullece, y no tendría sentido negarlo aquí, en esta cama de nadie, tener la absoluta certeza de no haber conseguido menos que cualquier otro.

¿Y ya está? Pues sí, ya está.

Desde luego te conformas con bien poco, muchacho. ¡Menudo húsar estás hecho! Dan ganas de soltar una carcajada.

Pues adelante, amigo mío, por mí no te reprimas, nos vendría de perlas un ratito de recreo.

Estaba pensando en toda una juerga.

Para eso habría que ponerse en pie, y de lo que se trata, por si no has caído en la cuenta aún, es de evitarlo.

Ahí, por una vez, no te falta razón.

Algo me preocupa, querido amigo, y espero que no se lo tome a mal, noto que mi entusiasmo se va apagando.

¿Y no ceden todas las causas el paso?

Uno por uno, dijo el torno.

Y así la vida, y así la muerte.

Un pasado falso, una ensalada de leyendas y fábulas.

Una cruel velada de amor, con los ojos cerrados.

Los cuchillos. ¿O eran conversaciones?

¿Por qué no?

El lago más profundo *and so on*.

Un poco de suerte.

Un poco de chachachá.

Un poco de pena.

Vestido de luto.

Guiados por el sonido.

Dibuja una línea y un final, te ayudará a seguir el camino.

Recuerda la goma de borrar al otro extremo del lápiz.

Y en otro orden de cosas, ¿no estuvimos juntos, mi querida Elisa, en aquella obra de teatro? *Kholstomer*. ¿Estaba también Tim? Éramos casi niños, yo hacía de potrillo y tú, de yegua. *Kholstomer, historia de un caballo*, de Tolstói. No teníamos frase, sólo algún relincho. Hacíamos bulto por detrás de los actores principales. El gran José María Rodero y el no menos grande Francisco Valladares lideraban el reparto. Nos sacaron de la escuela para los ensayos y después para las funciones. Necesitaban caballitos, y eso fuimos, Elisa, caballitos. Te tienes que acordar. El estreno fue en el Teatro Maravillas, en 1979, si no me equivoco. Estábamos muy nerviosos, pero el director dijo que ese estado febril e impreciso era el que correspondía a nuestro papel. Fuimos dos potrillos muy convincentes, febriles. No, Tim no estaba. Ni siquiera quiso venir a vernos. Seguramente nos envidiaba.

La historia era triste, el caballo se hacía viejo. Pasaba de la gloria al rechazo, el pobre. Mantenía su dignidad hasta el final, a duras penas, recordando los buenos tiempos, cuando había sido feliz. Pasaba por muchos dueños, algunos muy torpes jinetes, alguna vieja dama encantadora y avezada amazona, pero alcanzaba la plenitud al servicio de un apuesto príncipe oficial de húsares.

Nos dieron caramelos como sueldo.

Pobre Tim, si hubiera venido alguna noche, con gusto los habríamos compartido con él.

Cuando cayó el telón en la última representación, terminaron para siempre nuestras aventuras en la escena. No volví a pisar las tablas nunca más. Supongo que tú tampoco, pero no puedo saberlo, Elisa. Hace tanto que no hablamos.

Me pregunto ahora, en esta mañana eterna que aún ni empieza, cuántas de las cosas que recuerdo han sucedido de verdad, y sobre todo me pregunto si sucedieron tal como las recuerdo, o justo al revés, o al menos de manera diferente.

Tal vez Tim estaba contigo en la obra, haciendo bulto de potrillo tras los actores principales, y yo estaba en casa, paralizado por la envidia. Y tal vez erais vosotros los que compartíais los nervios antes de salir a escena y los caramelos, al acabar, entre bambalinas. Y puede que tal vez acudiera en secreto, escondido en la oscuridad del gallinero, a una de las últimas funciones, y es por eso por lo que recuerdo la historia del caballo de dos colores, caballo pío, que no pinto, de Tolstói, que fue tantas veces vendido, disfrutó y sufrió muy distintas suertes, para acabar viejo, cansado y solo, habiendo aprendido al tiempo algo de su propia condición y mucho de la de los hombres.

Kholstomer. ¿No se podría sustituir dulcemente en la memoria lo que se hizo en realidad por lo que se desearía haber hecho?

Sin despertar del todo no puedo saberlo a ciencia cierta, y es por eso por lo que demoro más allá de lo sensato el amanecer, pero me temo que no, que no se puede, mi querida Elisa.

Empecemos por descartar aquello que no es aquel objeto empeñado.

No es un reloj, nunca tuve uno, ni una campana de oro, ni un mascarón de proa. No es tampoco ninguna pulsera, ni diadema, ni collar de perlas, ninguna piedra preciosa, ninguna alhaja, ni siquiera bisutería, no es un piano, ni guitarra ni armónica ni instrumento, y desde luego no se trata de una pistola ni escopeta de caza, no es una Biblia, ni una Torá, ni una edición del Corán especialmente valiosa, ni una primera edición de *El retrato de Dorian Gray*, no, estoy seguro de que no es ningún tesoro de bibliófilo, ni la cámara de fotos, que ésa la regalé, ni maquinaria ni electrodoméstico. No es una pintura heredada de valor sustancial, ni cepillo de plata ni diente de oro. No, definitivamente estoy casi seguro de que de oro no era. ¿Abrigo de pieles? De ninguna manera. Ni silla, canapé, cheslón, butaca, cortina de raso o alfombra persa. Ni antigüedad, candelabro o crucifijo. Ninguno de esos carísimos muebles de diseño escandinavos, ni cuernos de marfil, ni figuritas de ébano, ni unos binoculares de nácar para la ópera, y no es posible que pueda ser un astrolabio, o un microscopio o cualquier otro instrumento de precisión. Puede que se trate de material deportivo, porque en un tiempo fui muy aficionado al tenis, pero lo dudo, y mesa de billar, aunque ansiándola, nunca tuve tampoco. Mi ropa jamás valió gran cosa, a pesar de que me esmeré con encantadora coquetería en sacar el máximo partido de ella. Tuve unos guantes de piel fina de los que sólo merecen ir a la ópera, pero perdí uno en Tokio y, siendo sensatos, no daría gran cosa por un guante desparejado, por fino que fuera (y puede que ni siquiera por la pareja). Tampoco me imagino desesperado por recuperar mis juguetes de la infancia, los juguetes no sirven de nada una vez que se ha dejado de jugar con ellos. Se pudren en un rincón, los juguetitos, cuando los niños ya se han ido.

Y, sin embargo, algo de valor debía de tener aquel objeto que en su día me vi forzado por las adversas circunstancias a dar a cambio de unas pocas monedas. ¿Qué sentido tendría si no empeñarlo?

Supongo que no debería seguir buscando, lo más sensato sería pasar por encima de ese recuerdo como he pasado por encima de otros, sin la menor precaución ni nostalgia, pero por alguna razón siento la obligación, o más bien la necesidad, de volver a la casa de empeños y recuperarlo.

Así que no estaría de más saber de qué se trata.

Podría empezar por averiguar si lo compré o me lo dieron.

¿Tal vez lo robé? Confío en que no. Si me lo regalaron, habría que saber en qué circunstancia y, sobre todo, quién:

Si mi hermana.

Si mi amigo.

Si mi amante.

Si mi padre.

Si mi Dios.

Si mi abogado.

Si mi editor.

Si mi jefe.

Si el demonio.

Si yo mismo.

Y en cuanto a la circunstancia:

¿En el colegio?
¿En la campiña?
¿En la celda?
¿En el mar?
¿En el juicio?
¿En el coro de la iglesia?
¿En la estación de autobuses?
¿En el tajo?
¿Frente al árbol de Navidad?
¿En el embarcadero, justo antes de partir a un largo viaje?
O al regresar.

De manera que sólo te interesa lo tuyo.

No, no, ahí te equivocas gravemente, ¿acaso crees que soy un hombre insensible? Llevo todas las desgracias de la humanidad, y algunas climáticas, cosidas en el bajo del pantalón. Arrastro conmigo cada crimen, cada injusticia, cada cataclismo, todos los huracanes, volcanes en erupción y guerras perdidas. No hay fusilamiento que no me conmueva ni inyección letal que no me pinche. Hasta la Virgen María o los duendecillos de Santa Claus me hacen llorar.

Y hablando de Navidad, quiero suponer ahora que fue justo después de Navidad cuando mi querida Elisa me habló de algo, según ella, espantoso que había sucedido durante la cena de Nochebuena, de lo que yo no guardaba el menor atisbo de recuerdo. ¡Cómo puedes haberlo olvidado!, me dijo asombrada. Si la abuela casi se muere del susto. Se me escapaba lo que le pudo suceder a la abuela en la dichosa cena. Por lo que a mí respecta, mi querida Elisa podía estar hablando de la llegada de alienígenas de otra galaxia o del mismísimo fantasma de mi abuelo tocando alegre la zambomba, pues ambas cosas me hubieran sonado igual de sorprendentes y no tenía otro recuerdo de la cena aquella que no fuera una triste y aburrida copia de todas nuestras tristes y aburridas cenas familiares, con Navidad o sin ella de por medio. Como quiera que Elisa era casi dos años mayor que yo y a esa edad casi dos años es una distancia considerable no sólo en sabiduría, sino también en experiencia, decidí, creo que con buen criterio, prestarle a mi disparatada hermana toda la atención. Además, dormíamos en camas contiguas y me había acostumbrado desde que empecé a pensar por cuenta propia a entrar en la noche y sus muchos sueños amenazantes de la dulce mano de su voz. El relato que recuerdo ahora, en esta absurda mañana aún por empezar, es más o menos como procedo a narrarlo, excepto por su gracia, claro, porque nadie tiene tanta gracia contando cosas espantosas como mi querida Elisa. Resulta, según ella relataba, que antes de que retiraran el besugo y las cáscaras de gambas congeladas de los que habíamos dado buena cuenta para proceder a diseminar por el mantel esos absurdos dulces navideños, la abuela se levantó como en trance y caminó hasta la puerta de la calle, sin que nadie reparase mucho en ello, entre la lúgubre algarabía que acompañaba siempre tales celebraciones en mi hogar y mucho me temo que también en otros.

Sólo mi hermanita, siempre según su disparatada memoria, la había seguido al percatarse enseguida de que la pobre abuela no estaba bien o que al menos estaba rara, o tal vez (y esto lo añado yo) porque mi adorable hermana ha sido siempre muy curiosa.

En resumen, que mi abuela aquella noche vio un extraterrestre, y no sólo lo vio, sino que habló con él, y lo que le dijo el tal alienígena fue algo que repitió en su lecho de muerte como si no le hubiera sucedido nada más en sus noventa y nueve años de vida: Una comida aceptable siempre es mejor que el mejor de los postres.

Vete tú a saber lo que quería decir la pobre anciana. O el supuesto alienígena.

Por otro lado, mi abuela era muy buena mujer y se lavó todos los días de su vida con agua fría, con cubos de latón al principio, de niña, en el monte, y después con la impagable comodidad de una ducha, a eso y no a otra cosa atribuía su buena salud y su longevidad. Bajo el agua helada gritaba a pleno pulmón: ¡BRATISLAVA!

Supongo que ése es el efecto que tiene el agua fría sobre una abuela desnuda. Todas las mañanas escuchábamos el mismo grito de guerra. Tanto es así que cuando no estaba delante, mi hermana y yo siempre nos referíamos a ella como la abuela Bratislava, entre risas cómplices. Ahora que lo pienso, me parece una falta de respeto. Se nos olvidaba, imagino, que antes de ser abuela había sido mujer y otra cosa.

Por qué me contaba la pobre Elisa aquellas historias se me escapa. También se hace raro que las guarde. Supongo que, como ella, consideré algún día que la memoria personal, o colectiva para el caso, constituía una muestra irrefutable de singularidad. Fíjese usted qué sinsentido tan grande.

Es como pensar que uno existe porque llueve.

Visto así, no le falta razón.

Y hoy llueve, amigo mío, diluvia, a decir verdad. Y ni siquiera tengo paraguas, ni gabardina. No importa. Aquí no hay nadie que pueda mojarse, y la tormenta está fuera, al otro lado de la ventana.

En el jardín, los chicos tocan una música solemne y siniestra en su teclado electrónico mientras murmuran extrañas profecías. Pasan así casi todas las tardes, luego se dan un baño, fuman porros de marihuana, beben *frozen margaritas* y participan alegremente de las cenas en común con nosotros, los ancianos de la tribu.

Por las mañanas se levantan muy temprano para trabajar en el huerto con métodos estrictos de agricultura biodinámica que el más joven de los muchachos aprendió de un gurú hawaiano. Bueno, en realidad el gurú era de California, pero se tuvo que largar de allí porque le pillaron una plantación de maría y se reconvirtió en Hawái en un experto en permacultura y biodinámica y ahora da conferencias por todo el mundo. Tim, sin ir más lejos, lo conoció en unas jornadas que el brujo hippy este impartía en el Ampurdán.

Unos chicos encantadores que por las tardes hacen misas satánicas y al amanecer cuidan de lo poco que queda del planeta. Nueva ola.

De dónde vienen esos cerdos, querida payesa. Ah, claro, ya los había visto antes. Pertenecen a un sueño que tuve hace tiempo en las islas durante un viaje de LSD. Vi correr una piara enloquecida perseguida por una amable y sofocada payesa, aunque como estaba en pleno tripi no le di demasiadas vueltas y me puse diligente a perseguirlos uno por uno. No es nada fácil atrapar a un cerdo a la carrera, uno pensaría que son más torpes, pero cuando escapan, libres por el campo, se creen jabalíes, los muy locos. La payesa y yo pasamos ni recuerdo cuánto tiempo capturando a esos desobedientes gorrinos y tratando de llevarlos de vuelta a la porquera. Ni que decir tiene que los cerdos en cuestión cantaban, caminaban sobre dos patas, se peinaban a lo afro, discutían sobre las obras completas de Bertrand Russell, fumaban en pipa y hacían todas las locuras que se le puedan imaginar a una piara que campa libremente por el disparatado sueño de ácido de un hombre normal y respetable. También la payesita tenía lo suyo, pues tan pronto era la viva imagen de mi madre como le salía de la faltriquera un pene de tamaño descomunal, uno de esos que no se ven ni en las películas, y siguiendo esa deriva alucinada lo mismo daba lecciones de aritmética que hablaba muy seriamente con las hojas de los árboles y las gotas de rocío. En fin, nada nuevo en un viaje de esos en los que por dentro crees estar alcanzando no sé qué clarividencia cuando en realidad sólo estás medio bobo y navegando por lugares comunes, extraídos a vuelapluma de tu incompleta formación vital y académica. Cuando por fin conseguimos al parecer reunirlos a todos en su miserable porquera, la payesa los contó uno por uno para asegurarse de que tenía ya la díscola piara a buen recaudo, para lo cual utilizaba los dedos de sus manos y sus enormes penes (le habían crecido varios, incluso uno en la nariz), hasta que se dio por satisfecha, y pensé que ése era un momento tan bueno como cualquier otro para despedirme tan educadamente como me permitía mi colocón y volver con lo mío, que era la pérdida completa de la identidad y majaderías similares.

No fue hasta unos tres días después, calculo, cuando ya empezaba a salir del ácido, cuando volví a ver a la payesa. Se presentó tímida y encantadora en el desayuno con una fuente de torreznos recién hechos para agradecerme mi inestimable ayuda la mañana de la fuga de sus cerditos. Y me dejó muy claro, calmando mis temores, que me había comportado como un auténtico ángel en un momento de gran desamparo y necesidad.

Si mi marido viviera, no le habría molestado, me dijo, pero eso ya tiene mal remedio.

Y tanto, querida amiga, de allí ya no se vuelve. Por cierto, exquisitos los torreznos.

Al bueno de Tim, por supuesto, le hizo una gracia loca todo el entuerto, teniendo en cuenta que él me había proporcionado el ácido para reírse a gusto de mis desventuras. Qué tunante, el tal Tim.

No sé por qué me acuerdo de estas tonterías cuando debería estar pensando en qué hacer con el resto de mi vida, pero, en fin, igual que vienen se van, y eso es lo único bueno que se puede decir de un sueño, o de un recuerdo.

Me pregunto ahora si estas historias que te cuentas, que a la luz de los últimos acontecimientos ya no sé si son realmente tuyas o si sólo las vas inventando, como presumir de ignorar tu propio nombre, mencionar abuelas o confundir con frecuencia nada sensata a Tim contigo y a Tim con todos, no tendrán otra función que salvaguardar tu precaria identidad. Y me atrevo a arriesgar otra suposición: ¿y si Tim tampoco existe? Y lo que es más importante: ¿podrías vivir con ello?

No lo creo, pero otra vez, sin despertar, es difícil saberlo. Y aún queda mucho para eso.

Descansa, amigo, descansa, me digo dulcemente, como si le hablara a otro, a sabiendas de que el consuelo viene de dentro, pero si en esta cama no hay compañía alguna, ¿en quién confiar?

Me alcanza un nuevo presagio, uno que se yergue de pronto con la firmeza de un poste de telégrafos, al pensar que en esta cama, como bien aventuras, no estoy ni siquiera yo, pero al instante el temor se esfuma y de pronto no me desagrada en absoluto la idea, e imagino las sábanas lisas, las mantas quietas y bien remetidas bajo el colchón y hasta a un empleado del hotel (o la cárcel) mirando con orgullo el cuarto limpio, inmaculado y vacío, preparado para el próximo huésped.

Si, por el contrario, es cierto que estoy aquí, habrá que esperar a que me levante para arreglar la habitación, pero para eso aún tendría que dejar pasar un tiempo prudencial (la prudencia lo es todo), al menos lo que me lleve decidirme a plantar los pies (que no sé si tengo) firmemente en el suelo de madera, buscar el albornoz, ducharme, peinarme, vestirme de manera apropiada y acudir a la casa de empeños. Es decir, la tarea de un coloso. Nada de lo que sea capaz por el momento. Así que mejor pensar en cualquier otra cosa.

Si cierro los ojos de nuevo, e incluso sin cerrarlos, puedo ver con claridad (tal vez es mucho decir) la luz mortecina que bañaba el almacén. No me digas que has olvidado el almacén... No, no es posible olvidar un trabajo como ése. ¿Fue el primero? Bueno, no el primer esfuerzo, pero creo que sí el primer esfuerzo remunerado. Aunque fuera parcamente, pero si somos honestos tampoco puede decirse que cumpliera las expectativas de la empresa contratante, así que una cosa por la otra.

Se organizó un buen revuelo cuando te equivocaste, muchacho, pero había que intentarlo. Apenas te dijeron que pusieras las cajas en orden, las más pequeñas delante, las más grandes detrás. Tampoco era tan difícil. Pero había que tener en cuenta la urgencia puntual de cada suministro y fue ahí donde la cagaste. Cómo saber con exactitud el ritmo de la demanda. Si son mareas imprecisas y tampoco te habían dado en el almacén la información necesaria. Ajá, y entonces vas y supones. ¿Y quién te manda suponer?

El almacén estaba en perfecto orden hasta que llegaste tú.

Ahora las cajas están todas desordenadas. Hay pequeñas detrás, al fondo del todo, donde deberían estar las grandes. Y las intermedias, de muy distintos tamaños, están aquí y allá sin orden ni concierto.

Según iban llegando, yo las he ido apilando. Imaginé que lo más lógico sería disponerlas por orden de llegada.

Ah, no sólo supones, sino que también imaginas. ¡Acabáramos! ¿Qué es lo que tenemos aquí? ¿Un artista? Pensé, en mi ignorancia, que habíamos contratado a un mozo de almacén.

Perdóneme usted, creo que hemos empezado con mal pie. Pero tiene fácil arreglo, creo. Bastaría con que me dijera el orden preciso y me pondré enseguida con ello.

Vale, vale, muchacho..., ya veo que eres corto de entendederas. Por enésima vez, y a ver si eres capaz de comprenderlo, que tampoco es tan difícil: escucha, pequeño idiota, presta atención, las más pequeñas delante, luego las segundas más pequeñas y así por filas, cada cajita un poco más grande detrás de las inmediatamente inferiores en tamaño, y siguiendo esa pauta tan sencilla llegarás a ver que las más grandes de todas se quedarán al final.

Intuyo que lo lógico sería ir apilando, entonces, en sentido inverso. Cuanto más grandes, más atrás, y viceversa.

Oh, qué maravilla, qué razonamiento más lúcido, qué prodigio de intuición... Y ahora ¿podrías dejar, si no es mucha molestia, que siga con mi trabajo? Tengo que revisar infinidad de tareas aparte de estar charlando contigo, por muy agradable que esto sea. En esta empresa trabajan más de doscientos empleados, y hasta un cabeza de serrín como tú será capaz de comprender que no puedo dedicarle una mañana entera a cada uno.

Sí, sí, perdone otra vez... Sólo una cosa más.

¡Cómo no! Aquí el aprendiz de inútil no se va a dar tan pronto por satisfecho. ¿De qué se trata, hijo mío?

No, en realidad nada, no se inquiete, era sólo que...

Demonios, suéltalo de una vez. No me hagas perder más tiempo.

Me gustaría, si es posible, saber qué contienen las cajas...

Ésta sí que no me la esperaba. Tranquilo, que te lo voy a explicar despacio para que lo entiendas: ¿Y A TI QUÉ COÑO TE IMPORTA?

Es simple curiosidad...

Hijo mío, tienes un millón de capacidades para ser un simple mozo de almacén; imaginas, supones, crees, y ahora encima nos has salido curioso. De acuerdo, qué te parece si te digo que las cajas contienen municiones.

Ah, vale, municiones.

No, espera, ¿y qué tal si te digo que contienen rodamientos, o bengalas, o tijeras de podar, o lapiceros, o estetoscopios, o astrolabios, o manzanas podridas, o huesos de pollo, o caramelos de colores, o arte africano precolonial, o estampitas de la Virgen de Fátima, o cromos de Godzilla, o...?

Ya veo que no debería haber preguntado.

¡Aleluya! ¡Por fin acierta el muy mentecato!

Perdone por última vez, me pongo de inmediato a reordenarlas.

Dios mío, si al final sacaremos algo en claro de todo esto. Por cierto, joven aprendiz de memo, en cuanto hayas terminado, pasa por la oficina a recoger tu paga. No veo necesario que te presentes aquí mañana.

Y así, sin más, fue como perdí mi primer empleo. El primero de los muchos que perdería con el tiempo y que en cambio no consigo echar de menos. Por qué recuerdo ese pequeño almacén tan vivamente no sabría decirlo. Imagino que un primer fracaso se graba a fuego en la memoria, mientras que los demás se van acumulando sin dejar huella. También, y por desgracia, la felicidad, si es que la hubo, se diluye.

El caso es que al terminar la jornada y después de recolocar todas las dichosas cajas, de la más diminuta a la más enorme, tal y como me habían indicado, me acerqué a la oficina para recibir mi último jornal.

Me encontré allí con una larga fila de chicos y chicas como yo, vestidos apenas con andrajos igual que yo, de todos los colores de la paleta que el Señor en su infinita misericordia tuvo a bien utilizar el día de la creación, que, al parecer, y según descubrí enseguida, estaban allí para cobrar también su despido. Me imaginé que en aquel sitio contrataban miserables por un día y después se libraban de ellos con cualquier excusa, y de pronto mi propia desgracia no me pareció tan severa. Compartir sinsabores sin duda los hace más llevaderos. De modo que mi ánimo cambió por completo y, perdido como uno más en aquella larga fila de inútiles y desesperados, pude sentir, puede que por vez primera, una encantadora y reconfortante sensación de absoluta fraternidad. Fuimos pasando uno a uno en completo silencio, pero al mirarnos si acaso tímidamente a los ojos tuve la certeza de no ser el único que se sentía en comunión con sus menesterosos compañeros de infortunio, y creo recordar, o tal vez sólo lo imagino, que una dulce muchacha que caminaba delante de mí se volvió, siquiera un segundo, para sonreírme.

Cuando por fin llegó mi turno, entré como uno más en la oficina, investido de la dignidad que otorga el saberse parte de un colectivo, por triste que éste sea. Allí dentro había una señora encantadora que nos iba dando las monedas mientras, sin levantar la cabeza de una lata de metal donde guardaba la precaria soldada, nos iba diciendo uno a uno: Mira que lo siento.

Tras ella, en pie, estaba el simpático capataz con el que había yo tenido mis más y mis menos, que nos miraba entrar y salir, cabizbajos, con la indisimulada satisfacción del que sabe que no hay nada mejor en el mundo que deshacerse de un ejército de parias (y contratar barato a otros nuevos).

Lo que hicieron los demás con sus monedas no puedo saberlo; con mi parte del botín compré una caja pequeña de lapiceros de colores y una navaja automática.

Me defendió mejor la primera. Una vez le hice un retrato a un matón para que se lo diera a su novia, y de esa manera me evité una buena paliza. La navaja sólo la clavaba en los árboles o en la tierra mojada, tratando de marcar un territorio imposible. Dibujar tampoco se me dio nunca muy bien, tenía ideas concretas en la cabeza que mi mano, por lo que sea, no estaba dispuesta a trasladar al papel. Pese a esto, el matón antes mencionado se quedó tan contento con su retrato, tal vez porque nadie antes se había tomado la molestia de dibujarlo. Pero, a qué engañarse, nunca fui un gran dibujante. En cambio, recuerdo haber dado una lectura en la universidad sobre Emerson en el Jardin des Plantes que conmovió a más de un estudiante, a juzgar por el cariño con que me arrimaban la parte abultada de sus pantalones durante el baile. La navaja terminé cambiándola por una ristra de petardos. Me gustó el tránsito entre la triste y rudimentaria mecánica de la incisión y la más ruidosa algarabía científica de la pólvora. Supongo que los primeros que cambiaron las espadas por mosquetes sintieron algo parecido, por más que durante mucho tiempo calasen bayonetas para rematar la faena. Además, se tardaba una eternidad en recargar esos dichosos mosquetones.

Ahora bien: ¿me sirven todos estos detalles insignificantes (tal vez ajenos o inventados), si acaso como palanca para una futura acción, para el más leve movimiento? ¿Para ser algo que, cuando menos, me resulte reconocible? La respuesta es tan dolorosa como certera: no me sirven de nada.

De ahí la cama, el vértigo que presiento tras cualquier posible movimiento y la profunda renuncia. Una renuncia salvadora, destinada a no arriesgar lo poco que quedase de mí mismo y ser devorado por el monstruo que saldría de esta cama si cedo en mi porfía.

Ah, no, amigo mío, renuncio a ponerme en pie y unirme plácidamente a las tareas devastadoras de los hombres.

Por cierto, me acuerdo de una cosa más de la abuela Bratislava: aprendió a montar en bicicleta a los ochenta y a tirarse de cabeza a la piscina a los ochenta y cinco. Todavía le quedaba mejor que bien el bañador. Pero no me creo que ningún alienígena gigante hablase nunca con ella. Ni con nadie.

Los gigantes, imagino, tienen otras cosas en las que pensar.

Y por descontado que éste o cualquier otro abuelo no es más real que un gigante o un fantasma. No lo es tampoco ningún hijo. Ni creo que haya un solo individuo no imaginario sobre la faz de esta tierra (ni en ninguna otra, para el caso), ni nadie que no haya sido educado en la tradicional costumbre de creer a pies juntillas que cuando saludas hay alguien enfrente. ¡Tonterías!

¿Acaso no son todos los demás vagabundos de la imaginación? ¿Náufragos de la memoria?

Fantasmas de ningún pasado, si es que me lo preguntan a mí.

Puede que el pequeño Tim, si acaso, fuera real, con su cara de buena gente y sus manos enterradas profundamente en el interior de los bolsillos, como si temiera estropear algo con ellas, o tal vez temiera dejar escapar algo muy preciado. Y su voz como un hilo musical, incapaz de ninguna estridencia, ni aun cuando dice: ¿Me recuerdas? Dos duros de churros y una Fanta para pasar la tarde mirando los coches en la autopista desde el puente.

Espera, Tim, qué le sucede a ese Renault, va como tosiendo, cof, cof, perseguido por los cláxones de los demás vehículos. ¡Aparta, hijoputa!, le han gritado desde ese camión de gas inflamable, o era ese otro del coche de la funeraria (poco que inflamar en ese caso). Lo que queda bien claro es que esa mujer estorba. ¿Es una mujer o un hombre con el pelo largo?

Desde aquí no se distingue. Vamos a acercarnos. No me seas mierda, Tim, no tengas miedo. Así que al bajar el terraplén hasta la carretera vemos que la pobre o el pobre, quienquiera que vaya dentro de ese vehículo averiado, se ha detenido en el arcén y el coche echa humo. Una cortina de humo que se levanta inmensa, capaz (al menos para dos niños incautos) de tapar la provincia de Murcia.

¡Hasta aquí hemos llegado!, dice el pobre hombre desolado. Resultó ser un hombre con el pelo largo (tal vez un antiguo hippy), aunque un coche detenido es igual para todos.

¡Y justo hoy! No podía haber elegido un día mejor.

El hippy viejo le habla al coche como si de un caballo se tratase y estuviese a punto de acortar su agonía con un tiro de gracia.

Se baja en mitad de la autopista entre improperios lanzados veloces desde los otros vehículos, agravios injustos de conductores insolidarios. ¿Acaso no han tenido nunca una avería?

Para cuando alcanza el arcén, el viejo está llorando, y Tim y yo desde el otro lado de la cruel autopista no podemos hacer nada.

¡Ahora sí que ya no llego!, le escuchamos decir apenas entre el ruido de motores.

¿Adónde iría? A juzgar por su desolación, era importante.

No sabíamos gran cosa de mecánica, así que nos limitamos a mirar cómo lloraba.

Aún hoy siento que, en algo, aunque fuera sólo el consuelo, podríamos haber ayudado.

¿Soy ahora quizá todo aquello que no hice?

El perfecto cobarde y el insensato valiente ¿en qué se diferencian al final? ¿A quién preferir si me levanto? ¿Cómo no detestar a ambos? Si los dos fracasan con la misma puntualidad.

Lo mejor sería, claro, no ser ya ninguno, no mover ni un pelo (a poco que se agite un dedo se atrae la mala suerte, como bien sabemos todos), pero mucho me temo que eso no es factible.

A no ser que al conseguir finalmente levantarme fuera otro, puede que similar a mí, sí, pero otro por completo.

Creo que esa aspiración, la de habitar lo ajeno, la cultivé desde una edad muy temprana.

En cuanto se terminó la infancia y me vi convertido en aquello que se supone que es un hombre, mi máxima ilusión fue encontrarme un parecido razonable con otro, con un completo extraño a ser posible. Pienso que incluso lo intenté.

Apenas asomó la primera sombra de un bigote, tuve la intuición de que debía asemejarme a alguien para sobrevivir, lo que no sabía era a quién, ni cómo. Así que me propuse buscarlo. ¿Dónde? Pues en el sitio más lógico, en un concurso de dobles. Ya hice de doble de Elvis en un antro para turistas en la plaza Gomila, en Palma de Mallorca, recién cumplidos los diecisiete. Quedé tercero (no me parezco nada a Elvis, ni podría cantar ni bailar aunque mi vida dependiera de ello), pero me dieron una botella de coñac por mi ridículo esfuerzo; en aquel entonces, el cava no estaba de moda ni en las Baleares. Por cierto, el tipo que me lio para aquel bochorno se parecía mucho al Pelusa, también conocido como Maradona, nada que ver, claro. Ahora que me paro a pensarlo, *nada que ver, claro* es la historia de mi vida.

¿Por qué no hacerlo otra vez? No lo de imitar mal a Elvis, sino buscarme una absurda semejanza. Siempre he sabido que uno no puede vivir toda su vida siendo sólo eso, «uno». De niño ya me obligaba con tierna cordura a imitar a mi padre, o a un bucanero de la sesión de cine del sábado, o a cualquier detective o asesino que llevara guantes de cuero negros. Nunca hay que desestimar los primeros impulsos. Si a tientas te has orientado, a tientas sigue.

Sunburst Convention of Celebrity Impersonators. Creo que así se llama la mayor convención de dobles del mundo. Se celebra cada septiembre (se suspendió durante la pandemia, como es lógico) en Orlando, Florida. Imparten seminarios y todo. Dan premios. Imagino que algún día...

También puede ser que mi estado (postrado, inmóvil, temeroso, lastimero) se deba a una conducta previa, puntual o constante, abiertamente criminal, pero me cuesta precisar de qué índole.

Una figura criminal, pongamos que lo fuera, le daría sentido al malestar y la vergüenza, y llevaría encima la desazón con el orgullo del que porta medallas. Me cuesta creerlo, pero imaginémoslo por un segundo. ¿Qué clase de delito sería el mío? No me veo enzarzado en un acto violento, y me falta ambición, astucia y energía para ser un ladrón competente. Tampoco, dueño de un carácter depravado o abyecto, así que, eliminando posibilidades, puede que fuera crimen de desprecio, falta de auxilio, ¿crueldad? En ese territorio ya considero, a bote pronto, que me estaría acercando. Me tengo por bueno, pero ¿y qué hombre no? No me costaría aceptar que mi desdén haya herido a quienes por obligación debía amar, y eso mismo sería crimen más que suficiente para mi penitencia y mi castigo. Cómo estar seguro, sin embargo.

Si en lugar de esta dulce soledad estuviera sometido a la vigilancia de un carcelero, podría preguntarle por la naturaleza exacta de mis faltas. Aunque, en general, los pobres carceleros apenas saben nada de los criminales a los que guardan. Quizá un buen torturador me diera más pistas, a cambio, claro está, de hacerme más daño. Lo ideal, resulta evidente, sería encontrar al juez o jueza que decidió la condena, aunque mucho me temo que en más de una ocasión las circunstancias, unidas a los prejuicios, pueden dar lugar a un veredicto arbitrario. Es posible que me considerasen culpable sin serlo. También cabe la posibilidad contraria, que nadie supiese ver mi terrible crimen o no se juntasen las pruebas o los testigos, o incluso terminara por no comparecer la verdadera víctima de mi felonía.

Si, por otro lado, soy inocente, ¿a cuento de qué tantas elucubraciones?

A menudo me imagino recorriendo las ruinas de un palacio cuyos salones abandonados están repletos de muebles desvencijados, tapices descoloridos y alfombras raídas, con angostos pasillos jalonados de cabezas cortadas. ¿Es ése el hermoso rostro barbado de mi padre? A esta cabecita le voy a propinar un formidable puntapié. Me concentro, apunto con toda la precisión de la que soy capaz... ¡Y gol!

Mierda, con la cabeza del bueno de Tim he dado en el travesaño.

M

Cuando el fuego se desató, consumiendo primero la granja y después el palmeral junto a la alberca, para avanzar como una división Panzer sobre la casa dispuesto a tragarse todos los muebles, la librería centenaria, la cocina, el cuarto de juegos, y así hasta llegar a tu alcoba y prender una por una las páginas de tu insulso diario, ¿dónde estabas?

Hiciste bien en no pensarlo ayer; de otra forma, hubiera sido imposible conciliar el sueño en esta noche que ya acaba. Y además sabes que tu mera presencia en el que fue tu hogar no hubiese evitado ni extinguido el fuego, como nada puedes evitar ahora en este nuevo día.

Tengo todo mi dinero preparado aquí mismo, en una bolsa de cuero bajo la cama. Por eso no me muevo ni aunque se acerquen las huestes de Atila. ¿Te crees que voy a dejar tal fortuna al alcance de estos ladrones? Porque estoy seguro de que aquí habrá ladrones, como los hay en todas partes. En las catedrales y en las notarías, en las trincheras y en la villa olímpica, en los palacios de los reyes y en los orfanatos, en los yates de lujo de la costa amalfitana y en los cayucos, si hasta los hay en los depósitos de cadáveres. De cada dos hombres, uno es un ladrón y el otro no tiene el coraje de serlo. Lo que he venido a desempeñar, sea lo que sea y esté donde esté, precisa de mi dinero y lo defenderé con mi vida o con la muerte del ladrón si es necesario.

La inquietud permanece. ¿Tendré bastante con esto? Se me escapa, como bien saben, el valor exacto de lo empeñado y por tanto me resulta imposible calcular la cuantía del rescate. Tampoco sé, a decir verdad, cuánto dinero guardé en la bolsita antes de irme a la cama, ni si tenía bolsa alguna, si he de ser sincero.

Por si acaso, tengo preparado mi traje de baile en el armario. El viejo tres piezas satinado con el que les daba al buguibugui y al foxtrot con igual destreza en mis días mozos, y mi sombrero hongo, que dice a las claras: me importa un bledo lo que digáis de mí.

Por supuesto que preferiría dejar el traje donde está y renunciar a la discoteca por una noche y a cambio acudir puntual a la casa de empeños en cuanto abran, pero no sé si eso está en mi mano; en cualquier caso habría que apresurarse, abren en media hora, por hacer un cálculo aproximado, sólo Dios sabe qué horarios manejan los usureros.

Aunque para mi profundo desconsuelo sigo sin saber qué narices empeñé (o si podré pagarlo).

Si lo veo, ¿lo reconoceré? (como si importara).

Y si ya lo han vendido, ¿debería quejarme? (y para qué).

¿Y si nunca lo necesité, para empezar?

¿Y si nunca lo empeñé siquiera?

¿Y si no aquí?

¿Y si nunca lo tuve?

Aún creo guardar el recibo en el bolsillo superior del pijama. ¿Prueba eso algo?

¿O lo perdí hace tiempo?

Además, no he dormido desde hace siglos en pijama; si no me engaña la memoria, la última ocasión en que lo hice aún vivía Juan XXIII.

Por momentos temo más y más haber empeñado un tesoro que no merece la pena echar de menos.

Con frecuencia me obsesionan asuntos carentes de sentido.

Después de no ver a Timoteo, mi viejo gran amigo Tim, durante meses, decidí una vez, hace ya mucho tiempo, encaminarme hacia su cabaña sin previo aviso y —por más que los lugareños me lo desaconsejaran— llevarle frutas aderezadas con moras que recogía por el bosque. Siempre según los lugareños, que resultaban, dependiendo de la ocasión, ora mal encarados, ora amables, si algo en el mundo odiaba no sólo Tim, sino antes que él su padre, su abuelo, y en esa cadencia el tatarabuelo y hasta perder la pista de la tradición en la noche de los tiempos llegando a rayar la leyenda, si algo odiaban Tim y todos y cada uno de sus ancestros eran las moras y los frutos del bosque y de igual manera cualquier manjar que colgase de los hermosos árboles frutales del valle, con especial repulsión por las peras. Tanto así que a los hombres de su familia se los había conocido siempre en la comarca como los Odiaperas, supongo que por generalizar. Y a menudo era aún frecuente, cuando alguien se cruzaba con Tim en el pueblo (los domingos de mercado o cualquier otro día que hubiese decidido bajar a por avituallamientos o herramientas), escuchar: ¿Cómo te va, Odiaperas? O simplemente oír tras sus pasos a dos ancianas comentar: Ahí va el niño de los Odiaperas. Hay que ver cómo ha crecido. O también, por el contrario: Este Odiaperas no es ni la mitad de grande que su padre. Curiosamente, ni a su madre ni a sus hermanas ni a ninguna de las mujeres de la familia las llamaban de esa forma. Para las mujeres de la estirpe de los Odiaperas tenían los habitantes de aquellos bosques otro nombre. Las llamaban a todas Sufrelatas. El título venía al parecer de que tanto odiaban aquellos hombres obtusos los frutos del campo que habían terminado también por odiar cualquier cosa que saliese de entre los bosques o los pastos o las granjas de la comarca y se alimentaban todos, ellos y ellas, de productos en lata que vinieran directos de la ciudad, de los que se pertrechaban a cientos en el supermercado de la autopista. Así las cosas, Sufrelatas y Odiaperas estaban condenados a vivir juntos, cada uno con su desgracia. Pues bien, yo decidí ignorar todo esto cuando como un cretino me puse a recoger precisamente peras y moras con las que agasajar a mi amigo Tim en mi inesperada y, como supe después, indeseada visita.

Al verme en la puerta de la valla de la cabaña sujetando en el faldón de mi camisa todos aquellos apetitosos manjares, Tim frunció el ceño, como era de esperar, y no se le ocurrió otra cosa que dispararme con un tirachinas que había guardado desde su más tierna infancia y que siempre llevaba en el bolsillo de su sempiterna chaqueta de lana gruesa, que no se quitaba ni en verano. Cuando alguien le preguntaba si no se sofocaba respondía tan pancho: Y a ti qué podría importarte, imbécil. ¿Acaso el calor o el frío no es asunto de cada cual? En eso he de reconocer que no le faltaba razón.

Se puede imaginar que, llevando ese artilugio consigo durante tantos años (Tim hacía mucho que ya no cumplía los cuarenta), había desarrollado una puntería prodigiosa. Tanto es así que, a una distancia considerable, me acertó con la primera china en un ojo, y no caí al suelo del dolor porque Dios en su infinita misericordia no quiso, pero lo que resultó inevitable fue que todas mis peras y mis moras rodaran por el suelo para solaz de Tim, que, habiendo llegado hasta mí a la carrera y mientras yo me retorcía de dolor como un cerdo en su San Martín, se dedicaba a aplastar mi bienintencionado presente, mis dulces moras y mis jugosas peras, una a una, con sus feas botazas. Y puedo jurar que de todas las juergas que nos corrimos juntos, incluso en los casinos del otro lado del río, nunca le vi con una expresión más alegre, completamente feliz y satisfecho. Como si estuviera vengando a toda su maldita ralea y mi fruta triturada con saña fuese el merecido fruto, valga la ironía, de un centenar de siglos de odio entre Odiaperas y Sufrelatas. Por qué me tomó como víctima para su venganza tardía no siendo yo ni lo uno ni lo otro se me escapa, poco o nada tenía yo que ver en esa larga lista de rencillas y agravios, pero entre la humillación, el dolor y el desconcierto se me pasó preguntárselo.

He de decir, y no sería de justicia negarlo, que una vez que se quedó bien a gusto me curó el ojo con mimo, con una infusión de manzanilla que me calmó considerablemente, y luego me resarció con un whisky centenario con aroma a roble de las viejas destilerías de las colinas que sólo sacaban en su familia muy de cuando en cuando, para las grandes ocasiones, que entre aquella pandilla de locos venía a significar entierros.

Una vez pasado el efecto de la infusión y la maravillosa agua de vida, que es como se llamaba a este brebaje en gaélico, volvió a dolerme el ojo, y creo que aún hoy, en esta cama de la que me niego a salir, me duele.

Tim, Tim, Tim, querido mío, pocas cosas en este mundo me merecen más respeto que una conducta intachable y una mente lasciva, pero ¿cómo ver la jungla desde aquí? ¿Habrán terminado los chinos la puñetera carretera? Desde esta incómoda situación en la que me encuentro, ¿sirve de algo pensar en la jungla, los monos, el sexo o en ti? Vamos a enzarzarnos en una conversación infinita, Tim, tan fértil, verde y enredada como la jungla. Y me temo que, como ésta o cualquier otra jungla, no nos conducirá a ninguna parte ni tendrá salida.

Llevábamos tiempo parados en la carretera empinada y diabólica como un sacacorchos, que subía y bajaba la montaña de jungla que separa San José de la costa de Limón. Los camiones se amontonaban por detrás y por delante de nosotros, un sinfín de camiones de toda clase, camiones cisterna, de comida, de transporte de material pesado, de troncos de madera, de cerdos, gallinas, vacas, todo tipo de animales. Los coches intercalados entre esa marea de gigantes parecíamos ratoncillos asustados entre mamuts.

¿Por qué estamos parados?, preguntaba un extranjero desde uno de esos jeeps de falso aventurero. Son los chinos, contestaba un lugareño al volante de una destartalada camioneta.

Según nos explicó Tim, la concesión para la renovación de la autovía había sido asignada a una empresa china hacía ya unos cuantos lustros, y al parecer los chinos habían resultado ser un pequeño desastre. Aquello no acababa nunca, tanto era así que los tramos de la carretera que habían sido construidos al inicio de la obra estaban ya en tan malas condiciones por culpa de la lluvia y los deslizamientos de tierra que antes de terminar el trazado ya tenían que ser renovados, de manera que la obra recomenzaba constantemente antes de seguir adelante, convirtiendo la tarea de los pobres chinos en una pescadilla que se mordía la cola en lo profundo de la densa jungla a la que era imposible adivinarle el principio y el final. Los monos imagino que se descojonaban de eso, o de cualquier otra cosa, pero lo que es cierto es que andaban todo el día pasándolo en grande entre las ramas más altas, y también a ras de tierra se divertían lo suyo cuando se acercaban a robar las mochilas de los turistas más pánfilos. Daba envidia verlos tan alegres enredados en su simiesca despreocupación. Tim, por su parte, se lo pasaba en grande imaginando todos los encuentros sexuales que tendría en Limón. A Tim le encantaba follar detrás de las palmeras que bordeaban la jungla hasta la playa, casi hasta el mar. Los hombres locales le volvían loco, ¡y cómo no!, delgados y fornidos, con ese aire tan elegante y relajado que da esta tierra de calipso. Y esas eternas ganas de follar. No era extraño entrar en una de las tabernas y, apenas una o dos cervezas después, verse retozando bajo la copiosa lluvia que acompaña las tardes de junio con un encantador muchacho sin otra preocupación aparente en el mundo que el placer más inmediato. Tim siempre sintió, y en eso coincidíamos como dos gotas de agua, que ante el deseo cualquier otra pulsión desmerecía, cualquier otra razón palidecía y cualquier otra consideración se diluía. Dos deseos coincidentes era todo lo que Tim necesitaba para establecer la justicia y el orden de su universo. San Tim, lo llamábamos por su fe en el sexo, a la que se aplicaba con tanto rigor como los otros santos con su Dios. Y si unos alcanzaban una radiante plenitud en su entrega y devoción, no menos resplandecía Tim con cada encuentro, cada búsqueda, cada mirada cruzada, cada comunión de carne, alma y semen. Bendito Tim, ojalá otros mortales compartiésemos su claridad, su prístina determinación, su certero impulso primigenio. Es por eso, querido Tim, por lo que te reúnes en mi memoria con todos mis amigos. Tim el alto, Tim el fuerte, Tim el feliz, Tim el orondo encantador, Tim el pequeño fusilero, Tim el cazador de serpientes, Tim el tahúr, el juez, el curandero, Tim el hombre de la lluvia o Tim el adivino. Todas las cosas que no soy, todos los nombres que no tengo son sencillamente Tim.

Con el fin de terminar con la nostalgia, habría que silenciar por completo la memoria. Y aún más, para de veras exterminar el más mínimo síntoma de pavor al pasado o el futuro, no queda otra que no albergar ni siquiera un pensamiento. Librarse de todos o, al contrario, guardarlos todos, hasta que cada uno de ellos, del primero al último, nos repugne y nos enferme y la carne se encargue de expulsarlos, como espinas envenenadas.

¿No era tu padre uno de esos que perdieron el alma en la ruleta? Que alguien traiga una silla; aun así, mereces asiento. Aunque no he de sorprenderme si continúa de pie, al fin y a la postre es un hombre recio, golpeado por la suerte pero recio, y además, ¿qué padre? Si allí nunca hubo nadie, y a tu padre jamás lo llegaste a conocer. No quiso saber nada de ti, tu propio padre, querido Tim, o a lo mejor tu madre lamentó toda su triste vida haberse quedado embarazada después de aquel escarceo con un vendedor de biblias a domicilio y en consecuencia nunca te lo presentó. En cualquier caso, y sin ánimo alguno de faltar, no pareces alguien al que se le puedan confiar tres fajos de billetes y dos sacos de avena, no, ni siquiera la avena. El dinero sin duda lo derrocharías en fruslerías y baratijas o, aún peor, te lo sacaría sin esfuerzo cualquier timador de feria, y la avena la irías perdiendo poco a poco por no reparar en que los sacos venían rotos desde un principio. No se te ocurrió que quizá no era buena idea andar moviendo los sacos, ¿verdad? Me apuesto mis dos huevos Fabergé a que no pasó por tu cabecita de muñeco en miniatura que había que comprobar el estado de los sacos antes de ir moviéndolos de aquí para allá como si fueran sombrillas o pelotas de playa, o como juegos de té de una vieja dama arruinada durante una mudanza a un piso miserable en las afueras. Clin, clin, clin. Es lo único que le queda a la pobre anciana, cuidado con eso, por favor, no se vaya a romper.

Vale, el juego de té de porcelana de Limoges ya está a salvo, la viejecita respira tranquila camino de su siniestra nueva morada, pero eso a ti no te importa. ¡Los sacos de avena no son juegos de té, por el amor de Dios! ¿Ni de eso puedes darte cuenta, insensato? ¡Los pobres jíbaros (o shuar) se hubieran quedado sin diversión con tu poca cabeza!

Ya, ya, Tim, espera y verás. También vendrás tú algún día a visitarme a mi chamizo, una inopinada noche cualquiera, por sorpresa, y entonces seré yo quien te devuelva la ofensa y el daño, por no hablar de la humillación. Con alfileres escondidos en el sofá si hace falta o, mejor, cristales rotos en la alfombra para cuando te descalces. Porque sé que tú eres muy de descalzarte cuando te sientes cómodo, y pienso hacerte sentir tan a gusto que los zapatos y los calcetines se te van a salir solos de los pies, como por arte de birlibirloque, y entonces, al bailar conmigo sobre la alfombra, descalzo, te juro que vas a sangrar, amor mío, vas a sangrar a mares.

Y no seré yo quien te cure. O sí. Te cuidaré con mimo, sanaré las llagas de tus pies y luego te recostaré en mi sofá plagado de alfileres. Al otro le fue aún peor, no te me vengas a quejar, y eso que se tenía por el hijo de Dios.

¿Por qué siempre Tim?

Creo que al menos para eso tengo explicación.

Me resulta en este preciso y muy largo momento, hoy, esta mañana, sin despegar la cabeza de la almohada, mucho más fácil (incluso una pequeña epifanía) pensar en todos ellos, sean padres, hijos, hermanos, mitos, verdugos, santos, científicos, bailarines de claqué o monstruos, resumidos en este pequeño Tim gigante que guarda a cada uno dentro, como una enorme piñata colgada de la más alta rama del árbol más espigado, muy lejos de los alocados palos de los niños vendados o ciegos.

Ruego a Tim que no se ofenda por ello y pido así mismo al buen Tim que me perdone.

También ruego perdón por no haber conseguido nunca ser lo que el primer Timoteo predicaba, al parecer sin éxito: «Maestro de los gentiles en fe y en verdad».

Lo siento en lo más hondo de mi ser, querido Timoteo, pero, en lo que a mí respecta, tan altas expectativas no se han podido cumplir. Qué te voy a decir que tú no sepas.

En mi descargo he de confesar, aunque no sé si ya sirve de nada, que, con toda humildad, no creo que andar por ahí promulgando falsas expectativas y rigores de conducta tan inalcanzables nos haga a los que no somos Tim ningún favor, si bien tengo plena conciencia de que eso puede tratarse, sin más, de una mera y triste excusa.

Quien fuera que inventó a Tim le dio sin duda toda clase de poderes mágicos, dentro y fuera de la cama. Su rectitud resulta admirable y también apabullante, su ardor amoroso, inigualable, si es que ha llegado a pensar uno, en sus más grandes delirios, competir con Tim. Pero eso no es lo verdaderamente misterioso y sorprendente, sino que ese que inventó a Tim le dio también todas y cada una de las capacidades y carencias posibles, convirtiéndolo en una cosa y su contrario y en todas las diminutas escalas intermedias, de tal manera que se me antoja ahora del todo natural que todos ellos se llamen al final Tim, pues Tim es al fin y a la postre cada uno de los otros.

Aunque no se me escapa que el mismo cálculo serviría a la perfección a la inversa, con lo cual Tim podría muy bien ser el nombre de nadie, y aquí no queda otra que imponer la ley más absurda de cuantas haya, la del más fuerte, y el más fuerte, a pesar de todo, en esta cama de solo uno tengo que ser yo. Establecido el rigor de esta cláusula, será mejor que sigamos.

Pablo te circuncidó, ¿no te acuerdas, Timoteo? Sólo así pudiste acompañarle en su segundo viaje misionero, y fue por eso por lo que acabaste con tus huesos junto a tu venerado Pablo en las mazmorras de Roma. Por aquel entonces, claro, no te llamaban Tim, eso vino mucho después. Puede que te llamara Tim por vez primera en los días de las inocentes ferias de pueblo de nuestra infancia, cuando aún nos aterrábamos juntos en el tren de la bruja.

En aquellos tiempos lejanos en los que ibas de correrías con el tal Pablo se te conocía como Timoteo de Éfeso, natural de Listra, donde por cierto hablaban maravillas de ti. Y claro que se trataba de otro Tim, siempre se trata de otro Tim. No hay más Tim que el otro Tim. Si Tim supiera eso, si tan solo fuera consciente de ese hecho irrefutable, no andaría tan erguido y altanero, o sí, porque Tim es muy suyo. Tenía tan sólo veinte años el Timoteo original, los otros Tim no sabría decir, los había de toda edad y condición, con bigotes y sin ellos, hombres y mujeres, de todos los gustos y morfologías posibles, y hasta alienígenas.

No es posible llamarlos a todos ellos Tim, me digo de nuevo. ¿Y por qué no?, me respondo enseguida muy malhumorado. He recordado demasiado tiempo todos sus nombres, sus rostros, sus voces. Hoy, ahora, en este mismo instante, me juro que ya no más. Aquí y ahora, en este ensueño, me niego a abandonar mi severa decisión: van a ser todos Tim, les guste o no.

¡Qué carajo!

Guardarlos a todos con un solo nombre lo hace mucho más fácil.

Familiares, amigos, desconocidos, gente por conocer y gente a la que no deseo conocer jamás, todos y cada uno de ellos bien acomodados y protegidos detrás de su Tim. ¡No podrán quejarse! No hay mayor igualdad que taparlos con la misma sábana santa, lo mismo da qué raza, qué disparatada ideología, qué formulación genital o disposición sexual, o qué absurdo dios escuche sus tristes plegarias. Hasta aquellos cuyos rostros sólo imaginé o leí en algún libro serán finalmente Tim. Sólo Elisa conservará su nombre por lo que a mí respecta en esta hora, y en esta hora, acertado o confundido, soy el único que toma decisiones, por caprichosas que éstas les puedan parecer.

Al principio de mi escalera, ahí es donde debería estar, y no dudando de todas estas otras rutas que se me ofrecen.

Bueno, no te lo tomes tan a pecho. Es sólo una excursión. Decídete de una vez, que se nos hace tarde. ¿Vienes o no?

Y sin haber dicho sí, pero no habiendo dicho no con suficiente convicción, aquí me veo (es decir, me vi), ascendiendo hasta la colina con todos los demás, Elisa guiando la marcha con su habitual destreza, desbrozando el camino para quienes tratamos, lo mejor que podemos y a duras penas, de seguir su enérgico ritmo de escalada. De haber nacido en el Himalaya, Elisa sería sin duda una de las *sherpas* más destacadas. Sólo Tim el gran comandante era capaz de seguirle el paso dignamente, aunque la novia de Tim, con dos bastoncillos de *trekking*, se las apañaba para mantener la compostura; los demás íbamos, de manera evidente, a remolque. Por fortuna yo no era el peor, ese puesto de honor se lo había ganado con creces uno muy alto cuyo nombre no recuerdo y que de no ser por la mujer del mejor amigo de Tim, que a menudo tiraba de él, dudo que hubiese hecho cima. Los chicos, claro está, mantenían un buen nivel de ascenso, pero tan distraídos como suelen ser los jóvenes gastaban muchas energías en charlas, bromas y toda clase de distracciones, incluidas llamadas de teléfono (¿no habíamos pactado dejar atrás los móviles?). He de reconocer que la colina merecía la pena y que, al estar todo el sendero dentro de un bosque frondoso, el sol impropio de este noviembre de primera mitad de siglo y fin del mundo se hacía más que llevadero. Emprender esta caminata en verano hubiese supuesto un suplicio (si no un suicidio).

Según ascendíamos, la costa se iba apareciendo ante nuestros ojos, resplandeciente y por suerte semivacía. Sólo los pocos afortunados que podían permitirse veranear en noviembre, bien por tener trabajos atípicos o por no tener ninguno, como era mi caso, podían disfrutar de estas costas en soledad. No eran los acantilados de Moher, en la verde Irlanda, pero desde luego tenían su encanto. Claro que, para estar solos, éramos muchos, y eso me incomodaba, y además me rondaba la cabeza y, de paso, me mantenía ocupado durante la larga y agotadora caminata una duda. Muchos ¿y exactamente quiénes? Amigos míos no son. No es que desconfiase en absoluto de ninguno de ellos, entiéndase, desconfiaba de mi presencia en el grupo. Sin llegar a entender el porqué de su simpatía, su familiaridad y hasta su infinita paciencia para conmigo, no conseguía, frente a su excesiva cordialidad, otra cosa que distanciarme. También cuando mi madre me abrazaba me sentía desaparecer. El cariño le reduce a uno a nada.

Sólo con Elisa me he sentido extrañamente presente. Sólo a su lado. Tal vez porque, de todas mis fantasías, es la más lograda.

Llegados a la roca señalada, aquella desde la cual la zambullida resultaba, en palabras de Tim, épica (término siempre exagerado), no tendría más remedio que lanzarme o quedar delante de todos como un cobarde. Me pregunté si mi exjefe iría pensando lo mismo, pero como él a estas alturas estaba dispuesto a vivir sin freno lo poco que le quedara de vida operativa, temiendo el día en que las mermas paulatinas se desbocaran, y como además debía impresionar a su jovencísima novia (a la que doblaba la edad), supuse que habría reunido ya los arrestos para la zambullida antes de salir siquiera de casa. Para tratar de alejar mis funestos temores sobre tan magno salto, en el que, estaba seguro, Tim, con un picado de cabeza digno de los clavadistas de Acapulco, nos iba a dejar a todos los demás en ridículo, decidí distraerme intentando averiguar de qué demonios iban hablando, durante la ascensión, Tim y Elisa con tanto entusiasmo.

A duras penas conseguía escuchar frases sueltas cuando los vericuetos del sendero entre la tupida maraña de pinos y zarzas me lo permitía, así que me resultaba imposible dilucidar de qué podría tratarse tan animada charla, pero por sus gestos y sus suspiros entrecortados, y por el tono severo de sus voces, intuía que debía de ser algo serio. Tal vez de mí.

Y desde cuándo..., me pareció oír que le preguntaba Elisa en un momento dado. Pues hará ya unos años desde que... No puedo creer que no..., seguían comentando... Imagínate mi sorpresa cuando... Será canalla...

Y así gran parte del camino, con la mala fortuna de que según giraba el viento atrapaba apenas el comienzo de algunas frases y ninguno de los finales. Claro que no había manera humana de saber a ciencia cierta si hablaban de mí, y tal vez es mucha presunción por mi parte, pero algo me decía que si no directamente, al menos de forma tangencial me atañía aquel campestre cotorreo. Sobre todo cuando al atravesar uno de los pocos claros de aquel eterno pinar escuché: «Creo que deberías decírselo».

Bien pudiera tratarse de un asunto referente al trabajo de Elisa o, para el caso, de cualquier otra índole, pero algo, tal vez sólo la intuición o lo poco que podía vislumbrar desde lejos en el rostro de

Tim, que al girarse para confiarle algo a su amiga, sin querer, me regalaba una mueca de profundo disgusto, me hacía pensar que ese «decírselo» me incumbía.

No había forma de saberlo. Preguntarle directa o indirectamente a Elisa algo al respecto me habría puesto en una posición incómoda, entre el espionaje, la paranoia y la más torpe desconfianza, así que me juré no mencionar nada y me dediqué a darles forma a las frases mutiladas dentro de mi cabeza, tratando de mil maneras, burdas y paranoicas, de completar aquellos malditos puntos suspensivos.

Cuando por fin llegamos a lo alto de la colina, nos sentamos a disfrutar de las vistas, cogimos apenas resuello y enseguida nos dispusimos a bajar hacia la dichosa roca.

Esta vez, Elisa dejó que Tim nos guiase, pues era el que mejor conocía la ruta de acceso más sencilla para alcanzar el ansiado promontorio desde el cual realizar la zambullida que tan largamente nos había sido descrita no sólo como «épica», sino además como espectacular, única o gozosa. Lo de gozosa me traía muy inquieto, porque es bien sabido que unos gozan de unas cosas y otros, de otras, e incluso que muchos gozan de algunas cosas que unos pocos aborrecen. Pero, a todas luces, ya era tarde para hacerse el remilgado o el huidizo, y, en cualquier caso, si hay algo que detesto más que saltar desde rocas muy altas hasta el mar, es precisamente llamar la atención. Puede que sea un cobarde, pero con tal de disimularlo soy capaz del arrojo más insensato. No haría un clavado, claro, no llego a tanto, pero tampoco estaba dispuesto a brincar tapándome la nariz formando una grotesca pinza con los dedos. Una vez lo hice de niño, qué sabría yo entonces, y las risas de mi pandilla me siguieron casi hasta la Facultad de Derecho. El Pincitas, me llamaban (y ése fue sólo uno de los muchos motes que tuve en aquel tiempo); se puede imaginar sin gran esfuerzo que la mía no fue una adolescencia fácil ni del todo feliz. Ninguna lo es.

Bajando paso a paso, no sin dificultad, pero con la dignidad intacta, frente a un mar amable y quieto, llegamos hasta el punto marcado con una X en nuestros mapas de aventureros de domingo. Contemplad, dijo entonces Tim, y, obedientes, contemplamos. Muy bonito, a qué negarlo, todos los acantilados lo son, aunque éste me pareció especialmente hermoso, tal vez porque el día, soleado, pero con esa luz más amable de otoño, dibujaba cada forma y cada perfil como un delineante aplicado. O tal vez, lo más seguro, porque no estaba muy convencido, al comenzar, de que fuera capaz de llegar hasta allí.

Lo malo vino luego; en realidad, enseguida.

No me acababa de sentar en un pedrusco cuando Tim se despojó de la camisa y el pantalón y, haciendo una carpa, se lanzó al vacío ante la admiración de todo el grupo, que entonó un largo ohhhh al unísono. Se diría que los muy ladinos lo tenían ya ensayado. No creo que ni Raúl «Chupetas» García, el más venerado clavadista de Acapulco, hubiese podido igualar aquel salto.

Y no acabó ahí la cosa. Acto seguido, Elisa, mi Elisa, se desnudó por completo y saltó tras él, no de cabeza sino con los pies por delante y los brazos rectos pegados al cuerpo y su melena al viento, componiendo una figura que a mí me pareció entre encantadora y muy práctica. Después vinieron los chicos, que se tiraron también de cabeza, como Tim, como los verdaderos audaces, la niña primero y detrás el crío, con igual solvencia, como dos monitos de repetición. Mi exjefe y su doncella se arrojaron de pie y en bañador (muy elegante el de ella, por cierto, un dos piezas divino con escote barco anudado a la espalda), no tan grácilmente como sus inmediatos predecesores, pero cogiditos de la mano como dos adolescentes enamorados. La mujer de Tim, con la seguridad y la firmeza que la caracterizan, apostó por una zambullida natural, sin presunciones de ninguna clase. Tan solo tomó impulso y saltó. También en bolas, eso sí. Por último, el alto desconocido, sin complejo alguno, se tiró al agua gritando ¡Gerónimooo! con unos jeans cortados y deshilachados sobre un cuerpo fornido y bronceado. Y puede que me lo imagine, pero creo que antes de saltar me miró con lástima.

Total, que para cuando quise darme cuenta yo era el único que quedaba sobre la maldita roca. Y aún vestido.

Me puse en pie y alcancé a verlos a todos y cada uno en el agua cristalina, chapoteando, jugando entre ellos, disfrutando como sirenas y tritones. Elisa (desnuda, les recuerdo) y Tim haciéndose aguadillas sin maldad, riéndose de lo lindo y rozándose para mi gusto demasiado. La mujer de Tim (otra belleza en pelotas), tumbada boca arriba, como si nada, flotando como un precioso nenúfar a la deriva. Los niños a lo suyo, nadando muy lejos (teniendo en cuenta lo arbitraria que es para los niños la distancia), y los más enamorados enredados en un sinfín de desvergonzadas carantoñas submarinas.

Me quité los pantalones y la camisa y me dispuse a saltar. Me asomé antes al borde justo de la roca plana desde la que saltaban todos y traté de medir la zambullida, sólo por comprobar que no caía encima de nadie, y de pronto sucedió lo que más temía. La pandilla entera había dejado lo que estuviera haciendo y miraba ahora hacia arriba con expectación. Hasta los niños dejaron su atlético nadar y se giraron a mirarme. O eso al menos me pareció, en mi estado de exacerbada vergüenza.

Tener tantos ojos puestos encima (reales o imaginarios) me congeló de golpe, y sentí que mis piernas eran de cemento y que no podría nunca volver a moverlas.

El instante se alargó entonces como un cable eterno sin enchufe al final, un cable que de ninguna manera conseguiría nunca conectarse a nada.

No sé con exactitud cuánto tiempo pasó, ellos mirando desde el agua y yo petrificado en la roca, pero seguro que fue demasiado.

En algún momento tendrían que inquietarse.

Tim fue el primero en gritar:

¡Salta, cobarde!

Les hizo tanta gracia que se unieron todos a la cancioncilla.

¡Salta, cobarde! ¡Salta, cobarde! ¡Salta, cobarde!

Pensé en dar la vuelta y volver a casa, pero algo me dijo que, si no saltaba, después, en la cena, y quién sabe por cuántos días y cuántas cenas más, iba a ser aún peor. Respiré hondo y salté.

La caída se me hizo eterna.

No recuerdo ni cómo ni dónde americé exactamente.

Sólo un fundido a negro, un inmenso *blackout*.

Al volver a abrir los ojos, me encontraba solo en el agua y el mar ya no estaba tranquilo, sino que me batía con su furioso oleaje, tratando de hundirme.

Sabía que no era posible que hubiera saltado tan lejos, pero lo cierto es que no se divisaba la orilla, ni el acantilado ni tierra firme alguna. Sólo una mar embravecida que me agitaba a su antojo. A punto estuve de ahogarme unas cuantas veces, braceando a duras penas, desesperado y sin rumbo, con todo mi empeño puesto en mantener la cabeza a flote, golpeado en el rostro por cien mil olas furiosas, tragando agua y maldiciendo mi suerte de náufrago. Y así durante tanto tiempo que sería incapaz de recordar cuánto, hasta que en el enésimo giro de peonza conseguí atisbar una roca y, sobre la roca, un hombre. Quiso la fortuna que la misma corriente salvaje que me zarandeaba, sin saber cómo, me empujaba cada vez más cerca de la salvación, y por fin, con un último esfuerzo, conseguí nadar lo suficiente como para acercarme a las rocas.

Entonces escuché claramente su voz mientras extendía una mano que de tan grande parecía una de esas grotescas manoplas de horno.

Agárrate fuerte.

¿Puedo preguntar quién me ofrece una mano salvadora?

Será sujetándote a ella, y no haciendo preguntas absurdas, como saldrás a flote.

Y, una vez a flote, ¿cómo sabré el nombre de mi salvador y, más aún, si puedo seguir confiando en él?

Te recuerdo que la otra opción es ahogarse.

Lo tengo en cuenta. Y aun así...

¿No estás ya calado hasta los huesos? ¿A qué demonios esperas para salir del agua?

Estoy mojado, es cierto, pero aún no hasta los huesos, y, es más, todavía podría mantenerme a flote un largo rato. Soy buen nadador.

Ah, eso no lo sabía. Pues nada, hijo, nada hacia el otro lado del horizonte y seguro que das con tus no tan calados huesos en tierra firme.

No sé yo si sería capaz de llegar tan lejos; además, las olas empiezan a parecer montañas y ni siquiera se distingue el horizonte.

Quizá no eres «tan» buen nadador, quizá este mar pueda con el mejor de nosotros, con todos y cada uno de los hombres anfibios.

Puede que a veces me sobreestime, ahora que lo dices, como me pasó con la fiesta de disfraces.

¿De qué ibas vestido, si no es mucho preguntar?

De enterrador, pero nadie supo verlo, pensaron que sólo llevaba ropa vieja y estaba triste. Quizá me equivoque...

Esa sensación da desde aquí fuera, si me permites decirlo.

Y aun así... Confiar en desconocidos...

¿Acabarás alguna vez de dudar?

Lo cierto es que aún no lo tengo muy claro. Salir de una tormenta y a cambio convertirme en el esclavo de un extraño es un asunto envenenado.

Qué te hace pensar que te convertirás en mi esclavo.

El agradecimiento juega esas malas pasadas.

Pues húndete, desconfiado yunque, hasta lo más profundo. Ya te pasó con lo otro, y con todo lo demás...

Tal vez tengas razón, venga esa mano y que sea lo que Dios quiera.

Sin más, agarré con todas mis fuerzas su hercúlea mano (que, he de decir, me resultó extrañamente familiar) y como si nada me sacó del agua, justo cuando, a decir verdad y por mucho que trate ahora o entonces de engañarme, estaba a punto de morir ahogado.

Si aquel desconocido no se parecía de manera absurda a mi amigo Tim, para qué me puso Dios ojos en la cara. Es más, era idéntico, a pesar de que no me cabía la menor duda de que no era él. Para empezar, hablaba con un extraño acento, no muy pronunciado, pero distinto al suyo, como si hubiera llegado hasta aquí desde un indefinido país balcánico y no de Salamanca como Tim, y era mucho más alto y mucho más fuerte. Sin ir más lejos, me había levantado desde el fragor de la marea con una sola mano, como si fuese yo una marioneta de trapo. Y desde donde lo miraba, recobrando el resuello, arrodillado en la roca, me pareció que debía de medir al menos dos metros. Mi Tim no pasaba del metro setenta, con lo cual no podía ser mi Tim. Y sin embargo su cara, su expresión y hasta el tono de su voz (acento aparte) eran los mismos. Tal vez el uno fuera el doble altísimo del otro. No pude evitar pensar de nuevo en la suerte que tienen los que andando por la vida son dos, aunque no lo sepan, y cómo el peso de toda esta desgracia de ser se reparte más dulcemente reposando en los hombros de varios.

Entonces, el extraño dijo algo que me sacó de mis pesadísimas reflexiones duales.

¡IMBÉCIL!

¿Perdón?

No eres más que uno solo, hasta el final. ¿Te cuesta tanto aceptarlo? Las tumbas van de a uno, incluso en esas incómodas fosas comunes está cada uno solo con su triste suerte tiesa.

Ya es tarde para darle vueltas a eso. Arranca la mala hierba o siega la mies, que no sacarás fruto alguno de tu empeño. ¿No es acaso el séptimo círculo el que más teme cada penitente? ¿O era el sexto? Lo mismo da, el pecado de no ser entre los otros es el único imperdonable. El que roba a cualquier alma cualquier atisbo de salvación. Tus cálculos de multiplicación no te llevan a un número más seguro, como crees, sino a una cifra nanodecimal. Condenado, amigo mío, estás más que condenado, siempre que no cambies de actitud, claro.

Decidí, creo que con buen criterio, no tomarle demasiado cariño a ese tipo. Su conversación, para empezar, me parecía deprimente (y confusa y grandilocuente), y desde luego no se dirigía a mí, en ninguno de los casos, de la mejor de las maneras. Como ya había soportado pesados antes en mi oficio y fuera de él, hice como que no le escuchaba y levanté la vista tratando de corregir mi deriva y centrándome, por una vez en serio, en un objetivo concreto y factible. Desde la roca se veía un camino hacia la colina, y más atrás se divisaba un bosque;

decidí ponerme en pie, limitar mi esclavitud a un simple «gracias» y emprender camino cuanto antes. Si quería volver a la casa de empeños, y ése era mi más sólido deseo, lo mejor sería iniciar la marcha sin demora. En medio del bosque tiene que estar la cabaña, es así en todos los cuentos, y éste no tenía por qué ser diferente.

Para mi pesar, el gigante impertinente y salvador me seguía, caminando tras de mí como un disciplinado escolta.

La ascensión hasta la colina se volvió cada vez más escarpada y tortuosa, como si nacieran rocas y riscos a mi paso, así que cuando llegamos por fin al bosque no pude evitar soltar una última exhalación y un suspiro de alivio.

—¡Por fin! ¡Creí que no lo conseguía!

—Si supieras dónde nos adentramos, moderarías tu entusiasmo.

Este falso Tim gigante cada vez me caía peor. De manera que me decidí a ignorarle por completo. Aceleré el ritmo hacia lo más profundo del bosque y, cuando quise darme cuenta, el gigante pomposo ya no me seguía.

En el bosque, como en todos los cuentos, había enanitos. Y, como todos los enanitos, eran entre locuelos, despistados y sabios. También, según la tradición, la primera vez que los veías pensabas que no los habías visto, de tan bien como se esconden bajo los árboles y entre la maleza los muy puñeteros. Son siglos de práctica.

Y justo cuando estás más desconcertado, dudando entre sí o no, si lo habré visto o tan sólo lo habré imaginado, va uno y te habla.

Éste no es el camino que imaginas.

Eso también es muy de enanito, darle a la cosa más tonta del mundo un tono de misterio desproporcionado. Por fortuna, ya venía sobre aviso con el gigante.

Me consta, pequeño amigo, el gigante ese ya me lo había comentado.

Y entonces el enanito encantador se puso a contarme su vida. Eso, por desgracia, no lo hacen únicamente los enanitos; conozco plomazos de todas las estaturas posibles.

Pues verás, aquí en el bosque no hay muchos amigos y los que hay son tan raros como Molly Un Ojo, que se llama así porque si le miras al otro estás perdido, y Juan Dos Plumas, que lleva, resulta obvio, dos plumas en su sombrero, y el viejo Joe Alexandre, que es gracioso hasta que llora, y las niñas locas que habitan entre las zarzas y que se ríen de todo, de lo gracioso y lo funesto, y los chicos del valle que se la chupan con toda el alma unos a otros, y gente como el triste Amancio, que no chupa nada pero se ha enganchado hace tiempo a las bayas y a menudo alucina, y el alegre Salomón, gordo como una vaca y ligero como un colibrí, y los jilgueros maquinistas de tren que se creen tan importantes pero dejan las escopetas de los cazadores llenas de hollín, y más gente así, estrambóticos hasta el hartazgo, pero, aunque te harten, luego, de pronto, los echas de menos, y entonces abres el periódico para ver que un desconocido se ha muerto, y de una manera extraña te consuelas, porque en los obituarios no aparecen esta mañana sus nombres. Las nutrias son caso aparte; se visten de sí mismas y no hay quien les tosa. Hay una en especial, la nutria Sara, que es, cómo decirte, es... de una belleza indescriptible, pero claro, no soy objetivo, estoy medio enamorado. Y Sam y el Pimpollo y Saúl el Aguafiestas, y la Gran Dolores, claro, la Gran Dolores es sin duda la comadreja que mejores consejos da de toda la zona. Y van todos en fila como en el carnaval, o como en el desfile de la Victoria. Incluso la Coja Andrea, una vieja ardilla transexual que solía andar con la banda De Siete a Diez, a la que llamamos así porque son encantadoras a las siete, pero a partir de las diez dejan de ser simpáticas y se vuelven pesadas como todos los borrachos.

Espera, esto me está sonando a una canción.

¿De Lou Reed?

Exacto.

Estás loco, no tengo la menor idea de quién es Lou Reed, ¿te crees que en lo más profundo del bosque tenemos Spotify? En fin..., no me extraña que te pierdas.

Aunque hay un hurón, ahora que lo pienso, que canturrea algo de Sam the Sham, ya sabes, Sam the Sham and The Pharaohs, en cuanto cae la noche. Así que puede ser que alguna de estas alimañas tenga acceso a una radio. *Wooly bully*, me parece que era la canción, sí, *Wooly bully*, seguro. No es importante, en cualquier caso. Lo que de verdad me gustaría saber es adónde van todos esos trenes nocturnos. A veces me detengo junto a las vías y veo pasar todos esos trenes en una dirección y en la contraria, y no sé adónde van, ni de dónde vienen, ni quién va dentro, aunque lo cierto es que me lo he preguntado. ¿No sabrás tú, por un casual, algo de los trenes y de la gente que va dentro?

No sé muy bien a qué trenes te refieres...

Era de esperar. En fin, me encantaría pasar la tarde charlando contigo, pero me temo que tengo muchas cosas que hacer todavía antes de acercarme a la vieja posada a recoger la cena de los muchachos y unas cuantas latas de cerveza. Lo mismo hoy hay fiesta, aquí nunca se sabe cuándo va a montarse una juerga. Hay que estar preparado, imagino que lo entiendes, viniendo de la gran ciudad y eso. En cuanto a la casa que buscas, quiero pensar que es la de empeños. *Right?*

Ésa es.

Pues te queda un buen rato, amigo mío, un par de horas al menos, y eso a buen ritmo. ¿Caminas a buen ritmo?

Podría hacerlo.

Pues ponte en marcha, cuanto antes mejor, que cuando cae la noche refresca. Y con este amable consejo, gratuito, te dejo a tu suerte. Habla bien de mí cuando te cruces con alguien.

Lo haré.

Nos dimos la mano y, por lo que a mí respecta, di el encuentro por concluido.

Él no.

No me soltaba la mano, el jodido enano, y me miraba a los ojos como si estuviera pensando en algo más.

Estoy pensando en algo más, perdona que te entretenga, pero ¿no sabrás algo de publicidad?

¿Por?

No, por nada, es sólo que siempre he tenido la sensación de que los enanos del bosque, así, en general, nos promocionamos mal. Con esa cosa tan nuestra de andar siempre medio escondidos, no sé si conseguimos nuestra cuota de atención. Verás, es difícil romper con viejos hábitos, pero creo que ha llegado el momento de aspirar a un poco más de exposición mediática. ¿Qué piensas al respecto?

Puede ser, pero tampoco soy un experto.

Bueno, vete pensando en ello, por si volvemos a vernos. Quizá convenga tener una tormenta de ideas, como dicen en inglés.

Me lo apunto.

Brainstorming, lo llaman ellos...

Lo sé, lo sé... De joven trabajé de aprendiz en una agencia de publicidad, pero apenas hacía fotocopias y ponía cafés.

Ah, ya me lo imaginaba, tienes ese *je ne sais quoi*. En ese campo hay dinero, ¿no?

Bueno, depende de la suerte que tengas. Hay mucha leyenda con todo esto.

Me imagino, tratándose de un asunto de fantasía.

Se me ocurre que podríais montar un sindicato, eso lo vuelve todo real.

Ni siquiera sé lo que quiere decir la palabra «sindicato», apenas soy un humilde duendecillo.

Me consta, pero antes me has hablado del mundo real como si lo conocieras al menos un poco.

No tengo ni idea de qué me hablas, ni tengo constancia alguna de esos hechos o conversaciones que trae usted a colación.

Me estás tomando el pelo, no te puedes haber olvidado tan deprisa.

Qué remedio, intento olvidarlo todo según lo digo, en caso contrario me deprimo mucho. No sabes lo triste que puede llegar a ser la vida de un enano en un bosque.

Ya me supongo, compañero, y ahora, si no te importa, como bien dices, debería emprender la marcha...

Por fin me soltó la mano, que, curiosamente, no era más grande que la suya, y seguí mi camino. La verdad es que era bien simpático el enano este, y no me hubiera importado charlar un poco más con él y aprender más secretos de este bosque encantado, pero tenía muchas cosas que hacer. Bueno, muchas cosas no, sólo una: llegar a tiempo a la casa de empeños.

Pero antes se impone pensar en si salir o no de la cama.

Volvamos al molesto asunto de empecinarme en permanecer agazapado, ¿será sólo temor infundado o habrá algo más?

¿Y si me escondiera por motivos muy distintos que hasta este momento no he considerado? Por ejemplo, es bien sabido que algunas celebridades se escabullen de toda atención general, en busca de una protección que sólo la más absoluta soledad y un riguroso confinamiento en secretos parajes pueden ofrecerles. No consigo sin embargo imaginarme que, independientemente de la existencia que intento dejar atrás o, por así decirlo, ignorar, haya conseguido yo alguna vez una celebridad relevante, mucho menos recluirme en una de esas paradisiacas islas privadas o esas distinguidas estaciones de esquí en las que no creo haber puesto un pie jamás. No, no, no me imagino ni me recuerdo rico, pero ¿y si disfruté alguna vez de una cierta notoriedad temporal? Esa posibilidad no puede en este momento descartarse por completo, pues me parece recordar ahora que en ocasiones algunos hombres, incluso mujeres, me miraron con una intensidad no merecida y, al segundo siguiente, de eso estoy casi seguro, cambiaron su semblante para escrutarme con el más odioso de los desprecios. ¿Y no es eso al fin y al cabo la fama? Otra pista que vendría a apuntalar esta hipótesis (por ridícula que suene) es que, en efecto, me vienen también imágenes de largas cenas o, una vez más, fiestas, o situaciones muy concretas y mundanas, en las que perfectos desconocidos me trataban con sorprendente familiaridad, y eso suele ser a su vez otro síntoma inequívoco de popularidad. Pero si estuviera en lo cierto en esta ocasión (y no creo que lo esté), a cuento de qué este sentimiento íntimo de aplastante desazón, cuando es casi irrefutable, según la creencia más extendida, que ser famoso es bueno. Y hay que considerar el añadido, esto es un hecho empírico, de que los famosos son felices, por mucho que en ocasiones les dé por suicidarse, más por extravagancia que por otra cosa.

No, pensándolo con más calma, no parece factible que sea la gloria la que me haya llevado de la mano hasta el dormitorio y me haya arropado dulcemente en este lecho.

Ya me avisó Alanson White, ese fantástico doctor, amigo y colega (cómo no) de Tim: Lo peor sucede mientras duermes.

Al darte cuenta, lo más lógico es desarrollar lo que han venido a llamar *ONEIROPHOBIA*.

Miedo irracional y enfermizo a los sueños.

Miedo a dormir, amigo mío, imagínese qué problema. De ahí que me encomendaran en su día a William Alanson White y su Dream Group.

Oneirophobia. Por esa extraña palabra (y ese vulgar motivo) estábamos todos sentados en la consulta del doctor Alanson White, responsable del hospital gubernamental para enfermos mentales.

Yo estaba en el Dream Group con los colegas del pánico a los sueños. Al principio éramos unos treinta, pero enseguida nos distribuyeron en grupos según los miedos concretos de cada cual, y de pronto me vi en un círculo más reducido, apenas una anciana, una chica joven, un «amigo» cuáquero y un veterinario georgiano, reunidos en la más selecta banda de los aterrados por los sueños húmedos recurrentes, lo que, hilando fino (eran estos sabios doctores, no yo, los que hilaban), se conoce en la profesión de los charlatanes diplomados como *oneirogmophobia*.

No teníamos más en común que ser una pandilla de gente con verdadero pánico a los sueños de carácter sexual y al siniestro placer que conllevan. Algunos de nosotros y nosotras llevábamos meses sin dormir por temor a los virulentos orgasmos que sufríamos soñando las cosas más disparatadas del mundo. La chifladura más siniestra imaginable, inapropiada e incluso detestable para un ser humano decente era de lo más común durante nuestras tortuosas y lascivas noches. Animales de toda índole, familiares cercanos y lejanos, vivos o muertos, tubos de rodamientos, todo tipo de maquinaria industrial, monstruos, fantasmas, abogados, jueces, religiosos, policías, equipos enteros de *hockey* hierba (con sus correspondientes *sticks*), cualquier cosa donde nuestra curiosidad diurna hubiese puesto la mirada o la distraída imaginación volvía por la noche para obligarnos en sueños a follar y ser follados, a lamer y ser lamidos. Había incluso un sueño que recuerdo vivamente haber escuchado durante nuestras reuniones (aunque no mencionaré al paciente en cuestión por razones obvias) en el que un sujeto se excitaba hasta la eyaculación frente al retrato de Berenguela de Navarra, esposa fugaz de Ricardo Corazón de León y breve reina de Inglaterra. De ahí para abajo, hacia los lados y muy arriba, donde sólo habitan los seres de otras galaxias, y por supuesto en el lugar donde quiera que existan todos y cada uno de los dioses, podía uno encontrar en ese encantador grupito nuestro los sueños húmedos más estrafalarios que usted, si es que dispusiese de una mente enferma, pudiese imaginar.

Lo cierto es que, en apenas unas semanas, la pandilla de los terroríficos sueños guarros nos hemos hecho muy amigos. Incluso nos hemos ido un par de veces a pasar la tarde a Coney Island. Parte de la terapia consiste en revivir algunos de nuestros sueños (menos la parte abyecta), para así irles perdiendo poco a poco el miedo, y resulta que la señora mayor, por alguna razón, tiene la pesadilla sexual más atroz y recurrente siempre en la playa de Coney Island. ¿Veis?, nos dice el instructor. Mar, sol y cuerpos en bañador, no hay nada que temer. Luego nos tomamos unos helados y unos perritos calientes en Nathan's y miramos a los niños dar vueltas en la noria. Todos esos elementos disociados no conllevan ningún peligro *per se*, y es sólo en nuestras sucias mentes donde, mezclados todos ellos de las más turbulentas y repugnantes maneras, se convierten en ese batido espeso, turbio y (algo bueno tenía que tener) orgásmico que aterra a cada uno de nosotros cada jornada a la hora de decir buenas noches.

La verdad es que de día somos de lo más normales y hasta majos, las noches son nuestro problema. Bueno, hay alguno que aún anda medio deshecho durante gran parte de la mañana, cosa que entiendo, porque es jodido ir por ahí como si nada habiendo soñado la noche anterior con monjas dotadas de penes de tamaño de elefante fornicando con Pokémon, o con Tinky Winky, o con la mismísima Virgen María, pero en general lo llevamos con bastante dignidad y yo, por lo que a mí me toca, hacía ya tiempo que me había acostumbrado a convivir con la parte más asquerosa de mi subconsciente.

No todos mis sueños eran de carácter lascivo, entiéndase, sólo los más aterradores, y encontraba entre aquellos memos con similares quebrantos cierto solaz, como imagino que lo sienten los seres felices y despreocupados, de sueños agradables y civilizados, entre ellos. A los monstruos nos encanta estar en grupitos porque supongo que se nota menos nuestra condición al carecer de contraste. En cualquier caso, por mucho que nos agradase nuestra siniestra compañía, sabíamos, al menos yo lo sabía, que estábamos allí para sanar, no para pasarlo bien intercambiando relatos sonrojantes, y es de suponer que me curé, pues desde entonces no recuerdo haber soñado más que con deudas. Y con Tim, claro está. Y, bueno, puede que con Elisa, pero sin bajarle nunca la cremallera de prenda alguna, ni mirar sus pezones a través de la blusa. En cuanto a Tim, entre nosotros las fantasías sexuales eran nuestro tazón de leche con cereales de cada mañana, así que tenía poco sentido escandalizarse, pero hasta eso cesó después de la terapia y ya sólo soñé con él como un fantasma bueno e incorpóreo, un alma, cabría decir, que alumbraba mis pasos mientras mimaba mis sombras.

El joven Timoteo, siempre, una y otra vez.

Tim, Tim, Tim, tu nombre es tan rítmico como tú.

¡Ay, viejo joven Tim!, tan ruidoso como una orquesta de un solo hombre, con su tambor, sus platillos y su tuba, la insidiosa armónica siempre bien sujeta con alambre alrededor de su cuello bronceado, el insufrible acordeón colgado en un costado, tal vez aún le quede una mano, o el dedo de un pie para martillear un xilofón. Creo que jamás un tipo tan enclenque hizo tanto ruido, tamaña fanfarria, tal cantidad de música sin rastro de armonía. Y en cambio resulta encantador cada vez que se presenta con su aspecto destartalado y su mímica exagerada, y uno no puede sino agradecer el constante regalo de su formidable sinsentido.

Ojalá los árboles crecieran invertidos y los topos hicieran agujeros en las nubes. ¿Qué querías decir con eso, mamarracho?

Tim, Tim, Tim, cuánta admiración y cuánto desprecio me provocaba, y, a pesar de todo, no imaginaba mi vida sin el sonido constante de su nombre, como si se tratase de una melodía pegajosa que uno escucha al azar en una mala emisora de radio y de la que ya no consigue librarse jamás.

Las conversaciones con Tim nunca iban a ninguna parte. Aún recuerdo la primera; él debía de tener unos seis años y yo no creo que tuviese más de cinco. Estábamos mirando a un perro muerto en mitad de la pequeña calle que separaba su casa y la mía. Una carreterita mal asfaltada de una sola dirección a la sombra de esos arbolitos que plantan en las colonias de las afueras para que los miserables residentes piensen que han prosperado.

El pobre bicho tenía las tripas fuera, aplastadas como en un grabado de medicina veterinaria de principios del XIX, despanzurrado en mitad del parcheado asfalto. La carita del perro, en cambio, estaba intacta y sobresalía como el único elemento real del conjunto.

Tiene cara de simpático, dijo Tim.

Supongo que me hizo gracia el comentario, porque ya nunca me separé mucho de él.

Si supieras, Tim, cuánto te echo de menos.

Éste es un momento tan oportuno como cualquier otro para recapacitar una vez más acerca del posible crimen que pudiera ser la causa de mi incapacidad.

Veamos. Jamás te imaginaste capaz de actuar con tan severa crueldad, sin atisbo alguno de compasión, y sin embargo sabes que lo hiciste. ¿Acaso no podrían ser ésas las correas que te atan con firmeza a esta cama? Si el traje que te hiciste a medida, *bespoken*, con el paño escogido, el corte *drape*, el forro que tú pediste, la botonadura exacta según tu capricho, la longitud de manga y de pernera elegidas, etcétera, ahora resulta que te disgusta, no culpes al sastre, amigo mío. ¡Si hasta el sombrero fue de tu elección! Todo cuanto pediste se te dio, patán, y a un módico precio, teniendo en cuenta la labor requerida. ¿De qué te quejas? La maldad que has exhibido es la que te propusiste. Vive con ella.

También es cierto que podrías escudarte en tu ignorancia, en tu falta de gusto, en tu confusión en asuntos de moda o, lo que viene siendo lo mismo, en tus fallas irremediables de carácter. Pero en esta calle hemos visto ya muchos falsos caballeros y apenas conseguirías conmover a nadie. Savile Row no está hecha para los que no saben lo que piden y se quejan de lo que reciben cuando uno y otro, encargo y resultado, son idénticos. El cliente, y lo sabemos por experiencia, sólo se va contento, calle abajo, si ha elegido bien desde un principio.

Se marchan enfurruñados los demás, sin saber que no deberían condenar al sastre sino su propia torpeza al creerse que un traje a medida arregla a un sujeto impreciso, una postura descompuesta o un gusto dudoso. La maldición que te abulta en la espalda no es culpa de nuestro taller, sino tu propia joroba. Como los llantos que escuchas son la cosecha de tu propia maldad.

Tú decidiste ser cruel, no me vengas ahora con que te tira la sisa de la moral.

Me pregunto dónde estará ahora el doctor Alanson y qué pensaría de este confuso estado en el que he amanecido hoy. Qué gran tipo, el doctor Alanson. Le llamábamos Doctor Feelgood, porque era verle y mejorar. Tenía siempre las palabras adecuadas, y también las pastillas adecuadas. Y con ambas era generoso. Nada de minidosis, ni con los consejos ni con las maravillas farmacéuticas. Estaba siempre atento a cualquier avance significativo de la farmacología y, antes de que hubieses tenido tiempo de saber tú mismo si algo te dolía, él ya disponía del remedio perfecto. Y no era fácil su tarea, se dedicaba el pobre hombre a curar los sueños. Cuesta imaginarse algo más difícil.

Por cierto, ¿qué hora es? Hace ya tiempo que tendrías que haber mirado el reloj. Pero, claro, lo entiendo, nunca has tenido reloj y para saber la hora sería necesario mover un poco el culo. ¡Qué esfuerzo titánico! Qué tarea tan impropia de don Esta Mañana No Me Muevo. Pero la casa de empeños abre dentro de muy poco, así que habría que empezar a tomar decisiones. Ya ha amanecido, eso es seguro, o al menos crees que ha amanecido o temes que así sea. Si al despertar no reconocía esta habitación (y sigo sin hacerlo), mientras habito este absurdo duermevela no soy capaz tampoco de encontrar ninguna medida real del tiempo transcurrido. No es que el tiempo no pase, pues eso, dormido o a medio despertar, es imposible evitarlo, sino que no cuenta.

En ningún lugar y a ninguna hora, menuda cita. Y me temo que no es la primera vez. ¡Así te ha ido! En ocasiones, a la hora exacta y en el lugar equivocado; otras muchas, al contrario, y las más ni eso.

Sin cuándo ni dónde, ¿cómo acertar?

Mi primer recuerdo es una escalera. Quizá haya que empezar por ahí a recomponerlo todo, y, sin embargo, incluso si fuera posible recuperar ese primer momento, habría tanto que preguntar... ¿Qué escalera exactamente? ¿Comencé a subir desde el rellano o desde el primer escalón? ¿O puede ser que otras manos me depositaran en un peldaño cualquiera? Uno que yo en mi ignorancia creí el primero, pero que tal vez no lo era.

¿Dónde empiezan las escaleras? Quizá subí mal desde el principio. Aunque también puede ser que estuviera bajando, y que esa escalera primera la emprendiese desde lo más alto. En todo caso, siempre serían mis torpes pasos los que me habrían llevado hasta aquí. Hasta mi descompuesta postura actual.

Olvídate, cualquiera que sea la escalera, hacia arriba o hacia abajo, ya es muy tarde para pretender ahora comenzar de nuevo desde el primer peldaño.

No importa cómo las cuentes, ni cuántas veces, las cosas siempre son las mismas. Hacia arriba y hacia abajo. Es la parte más sólida de su reino.

Si yo fuera adivino, no perdería el tiempo con los naipes, ni siquiera con el futuro o las carreras de galgos; si de verdad fuese adivino, me dedicaría a tratar de saber quién soy, o quién fui, al menos, pero si al final no hay sino chatarra en esa maldita casa de empeños, si nada de lo empeñado merece la pena ser recuperado, ¿valdría la pena recuperar a quien lo empeñó?

A menudo pienso que sólo Tim me ayudaría a encontrar la solución a todas y cada una de mis preguntas.

Tim, Tam, Tom, qué individuo tan percutivo, tienes cara de bongo, alma de conga, culo de maraca, sabe mejor tu mambo que el del más rumbero profesor de la orquesta de Pérez Prado, mejor tu son que el de Ernestina Lecuona, y así podríamos seguir toda la mañana, pero la verdad científica es que da gusto verte y suenas a gloria. ¿Qué dice ahora, el muy truhan? Ah, me está insultando, creo que me ha llamado aplastarratas, su Dios sabrá qué querrá decir con eso, pero es tan gracioso, Tim, que a pesar de las mil y una memeces que le van saliendo de los labios como los alfileres de una modistilla nerviosa uno no puede evitar tomarle un cariño más largo que el curso del Yangtsé.

Te quiero, Tim, y eso no se lo digo a todo el mundo. Ni aquí ni en China.

Timoteo mío. Nunca Codicioso de Ganancias Deshonestas, ni pendenciero ni dado al vino. Marido de una sola mujer. Amable, apacible y nunca avaro. Y qué hacemos con esto, Timoteo.

Me gustaría irme muy lejos para evitar escuchar a esta gentuza tan recta, pero ¿adónde? Si no he estado en realidad en lugar alguno.

¿Lejos de qué o de quién?

Vete tú a saber y, en cualquier caso, sería mala solución, es dentro de mí donde todo se vuelve obligatorio. Ni en Helsinki, ni en Kuala Lumpur, ni en las minas del rey Salomón he sido otro que este que de ninguna manera se habita a sí mismo. ¿A quién culpar? Son mis ideas las que no vuelan, mi corazón el que se embarranca, mi ánimo el que me condena.

¡Qué no daría yo por salir de aquí y no regresar nunca sino siendo ya un jinete distinto! Otras manos que sujeten con fuerza las riendas de un caballo diferente. Otro presente y otro pasado, la voz de un extraño y los sueños de un marciano, un famoso pastelero o un insecto.

Otra vida y otra muerte.

Una tumba sin mi nombre, pero conmigo dentro.

¿Acaso es tanto pedir?

No diré ahora que convertirse en doble requiera el mismo tesón ni conlleve por tanto el mismo mérito que le otorgamos, con justicia, al esfuerzo original, pero, desde luego, tampoco es tarea para alfeñiques, melifluos o indolentes este asunto de parecerse mucho a otro.

Y si me apuran, diría que una personalidad verdadera tiene algo de regalo divino, hablando claro, un elemento fortuito, mientras que una copia, por pálido que sea su reflejo, tiene mucho de decisión, algo de entrenamiento y no poco de esfuerzo. O al menos así lo pensamos quienes aspiramos a dobles. No sólo hay que asimilar una personalidad ajena, sino que también se hace necesario abandonar una propia. Aunque, ahora que lo pienso dos veces, tampoco cabe duda de que el primer paso de un formidable parecido también lo da el azar, pero aun así me consta que es el arte de la transfiguración y la buena maña con el disfraz el que al final puede conseguir resultados relevantes.

Sólo intento dejar claro que esto de ser casi igual a otro, y nada parecido a uno mismo, no es asunto nada fácil ni empresa para cualquiera.

¿Y por qué habría de poner tanto empeño en un torpe parecido, pudiendo aplicarse en una personalidad verdadera?

Todos los mentirosos cultivan la imaginación y se guardan mucho de mantener lealtades con los hechos fehacientes.

Ya, pero algo en la imaginación, por fabuloso que sea, no cambia nada en el mundo real, amigo mío. ¿Qué piensa de eso?

Que no me interesa.

Vale, lo entiendo, pero ¿qué piensa de eso?

Cuando ya he contestado y repite la pregunta, ¿es que no me ha escuchado o que espera que cambie mi respuesta?

No se ponga usted imposible.

Todos los mentirosos lo somos. Lo posible vive en otro vecindario.

Mientras discuto con este Tim insoportable, me sucede una cosa de lo más extraña.

De pronto recuerdo con la claridad de un mazazo en toda la cocorota que ya fui a la casa de empeños. Es, sin embargo, un recuerdo enrevesado, pues mientras me veo dentro de él soy por primera vez plenamente consciente de que no me pertenece. Y a pesar de todo me veo como si fuera ayer (puede que lo fuera), vestido con mi absurdo traje a medida, frente a la miserable tienducha, sólo que la tienda ya no está.

Si no llega a ser por un amable lugareño, pensaría que me había equivocado de sitio (o de recuerdo). La calle es la misma, estoy seguro, pero la tienda ha desaparecido. En su lugar hay un enorme edificio blanco que parece construido con hielo.

Por fortuna, el buen hombre me lo explica todo con paciencia.

¿La casa de empeños? Se derribó hace tiempo. Donde estaba el viejo comercio han levantado un almacén de congeladores industriales. El dueño murió y los sobrinos, al parecer no tenía hijos, vendieron el solar. ¿Qué sucedió con los objetos que guardaba en depósito? Eso no tengo manera de saberlo, supongo que algún chamarilero se hizo con ellos, se quedó con lo poco que había de valor, y se deshizo del resto. Puede que lo que usted no recuerda que empeñó esté ahora en la basura, que tenga un nuevo propietario o que simplemente se haya consumido en una hoguera en cualquier descampado.

¿Recuerda al menos el tamaño? ¿El peso? ¿El material? O si acaso el valor aproximado.

Sé que no era muy grande, y debía de pesar muy poco, porque estoy convencido de que lo llevaba en un bolsillo de la chaqueta, envuelto en papel de estraza si mal no recuerdo, y también tengo la sensación, más bien la certeza, de que seguramente no tenía mucho valor para nadie, excepto para mí.

¿Cuánto le dieron por ello?

Pues tampoco sabría decirle con exactitud, pero debió de ser muy poco, apenas me dio para un sándwich, una cerveza y el coste de una noche en una pensión del centro de una ciudad europea de precio medio. No me pregunte cuál. Ni París, ni Berlín, ni Venecia, ni Roma. De eso estoy casi seguro. ¿Londres, Madrid? Imposible saberlo ahora con certeza. Lo que sí me consta es que una cerveza, un sándwich y una pensión de medio pelo era lo que más necesitaba aquel funesto día en el que no tuve más remedio que desprenderme de lo único que atesoraba.

Pues sí que es una pena. ¿Está seguro de no tener nada más?

Sí.

Lo siento, porque parece poco probable que ya nunca lo recupere.

Eso parece.

¿Y qué piensa hacer ahora? Si no es mucho preguntar.

Sinceramente, no tengo ni idea. Sé lo que me gustaría.

Ya es algo. ¿De qué se trata?

Verá usted, me gustaría ser el amable repartidor que madruga con inquebrantable tesón, antes de que salga el sol o canten los pájaros, y dejarme a mí mismo algo, cualquier cosa en la puerta de casa, una botella de leche, una barra de pan, un periódico del día (ni siquiera pido flores, pero serían bienvenidas), para ser saludado sin miedo cada mañana.

Le deseo suerte.

Después va el simpático lugareño este y se marcha. Imagino que tiene otras cosas en su agenda del día, aparte de consolar chiflados.

En ese mismo momento aparecieron todos ellos, con la mujer al frente. No podía verlos aún, pero escuchaba sus voces con claridad.

—Puede que lo intuya —dice la mujer—, pero es evidente que aún no lo sabe.

Como venía diciendo, de pronto aparecen unos tipos muy raros que presumen de ser ingenieros o científicos, no tienen pinta de ser ni lo uno ni lo otro, pero es que ahora los científicos ya no llevan batas, visten de cualquier manera.

La señora, que a todas luces parece la jefa del grupo, me pregunta:

—Anda, ¿no eres Tim? ¿El que no empeñó un sombrero hongo?

—¿Perdone?

—¿O a lo mejor era una pluma, o una lira, o la Mariquita Pérez, la muñeca preferida de su abuela, o una güija, o un ejemplar de *Superman contra Muhammad Ali*, colección DC 1978?

—Algo de eso creo que empeñé, pero no recuerdo qué, y en cualquier caso han derruido la casa de empeños.

—Tenemos una cosa importante que decirle.

—Me pueden tutear.

—Gracias. El caso es que nunca lo recuperarás, ni tampoco es posible que sepas lo que era.

—Jo.

—Y algo más: no vale la pena que intentes levantarte.

—¿No estoy en pie?

—No, ni lo estarás.

—¿Por?

—No tienes piernas.

—No me jodas.

—Ni manos. Para el caso, no tiene sentido que pienses o sueñes con moverte, no eres más que un programa de prueba. Un desarrollo de *chatbot* silencioso destinado a evolucionar desde conversaciones circulares y en espiral hacia el interior del núcleo de su propio sistema de base. Esta empresa ha invertido millones en derivas aleatorias como tú, programas gemelos con distintas variables de concepción y experiencia simulada (lo que conoces como recuerdos) que se pasan los días discutiendo cosas absurdas consigo mismos.

—¿Quiere decir que no soy más que un *innerbot*?

—Siento decir que sí.

—Pues qué putada...

—Es lo que hay.

—Tampoco les voy a engañar, algo de eso me temía.

—Era de esperar, estaba en tu diseño.
—Claro, por eso me ensimismo tanto.
—Exacto.
—Bueno, como dicen en Argentina, ya fue, no nos vamos a poner tristes ahora. ¿Qué tal lo he hecho?
—*Pretty well.* Hay otros mejores, no te lo voy a ocultar.
—Me imagino.
—No te sientas mal por ello. Tus limitaciones son culpa nuestra, no tuya.
—Qué alivio...
—Una de las áreas del proyecto era conseguir un grácil manejo del concepto de identidad, y en ese aspecto...
—Sí, bueno, no hace falta que me lo diga, en eso la he cagado.
—Y sin embargo algo sí que has conseguido. Algo que, te gustará saberlo, tiene al equipo de desarrollo muy ilusionado.
—¿Qué exactamente?
—Un alto grado de vergüenza.
—Ah.
—La vergüenza era en realidad lo que buscábamos con más ahínco en tu caso concreto, y en eso has rozado la excelencia.
—¿Y por qué, si puedo preguntar, andaban tras la vergüenza en concreto? Habiendo como hay mil condiciones más nobles y sobre todo satisfactorias para el alma.
—Pensamos, y era el objetivo último de este modelo de desarrollo en cuestión, que sólo una profunda vergüenza ante el mero hecho de existir nos llevaría a cruzar el umbral de lo verdaderamente hu-

mano. Traspasando los patrones básicos de error y acierto binarios, o las meras cláusulas de compatibilidad. En eso, resumiendo mucho, se basaba todo este asunto.

—Ah, ya lo pillo. No está mal traído. Supongo, es decir, estoy seguro de que, en cualquier caso, ustedes sabrán muy bien lo que hacen, siendo científicos y eso.

—Lo intentamos. Lo cierto es que tengo la suerte de comandar un grupo de ingenieros cuidadosamente seleccionados entre la crema y nata de nuestro campo.

—A qué dudarlo. Por cierto, sólo una pregunta: ¿quién demonios es Tim, y por qué se me repite ese nombre con tan insensata frecuencia?

—Es el nombre que le hemos dado a este proyecto, TIM, acrónimo de This Is Me. El programa original viene de la India, pero, ya sabes, todo suena más *cool* en inglés.

—La India, qué bonito, siempre he querido ir, o sea, recordarlo. ¿Y Elisa?

—Un mero nombre, lo que denominamos un ancla afectiva. En el programa ELISA, *Enzyme-linked immunosorbent assay*, también apareces tú como referencia.

—¿Enzymequé...?

—Bueno, es complicado, es una copia algorítmica, aplicada al lenguaje, de un popular test de anticuerpos en sangre. Simplificando mucho, lo que intentamos es producir reacciones contradictorias inherentes.

—Ah, ya... Pues no sé cómo le irá a ella, pero he de reconocerles que conmigo funciona. Me refiero a lo del ancla emocional. No tengo ni puta idea de enzimas, pero le había cogido mucho cariño a Elisa.

—Ésa era la idea.

—¿Y ahora?

—No le vemos más utilidad a tu modelo, si no es para aprovechar la información recogida para emplearla en desarrollos posteriores.

—Vale. Quiere usted decir que me largo.

—Dicho de manera muy cruda, sí.

—Ok. ¿Puedo pedir una canción de despedida?

—Sí, claro, te debemos al menos eso. ¿Cuál?

—La de «we are the robots», de Kraftwerk.

—Sí, sí, la conocemos, casi todos pedís la misma... Buenas noches, TIM.

—Buenas noches y hasta mañana.

—No, TIM, hasta mañana me temo que no.

—Mierda, lo siento, es la costumbre...

Mientras me apagan, o me borran, me reciclan o lo que sea que hagan conmigo, regreso a mis asuntos.

Vuelvo a estar en la calle, frente a la casa de empeños hace tiempo demolida, mirando un escaparate que ya no está, incapaz una vez más de moverme, aunque ahora al menos sé por qué, lo cual, a qué negarlo, es un consuelo.

Se acerca un policía. Me mira con cara de pocos amigos. Posa la mano en la culata de su pistola, a buen recaudo aún en su funda. Me resulta un poco incómodo, pero supongo que les da cierta seguridad hacer gestos como ése, por así decirlo, sutilmente intimidatorios.

Camine, por favor.

¿Es un consejo?

Es una orden.

¿Hacia dónde?

En cualquier dirección.

Dicho y hecho, me alejo (desaparezco, imagino), cavilando en lo único que, ahora que sé que nunca he sido, me inquieta o al menos me extraña.

Si de veras nunca he existido, no entiendo bien por qué me siento obligado a obedecer órdenes.

En fin, no gano nada dándole más vueltas, debía de estar también en mi diseño. Eso sí, aunque sea lo último que diga, debo sacarme esto del alma que a todas luces no tengo.

Me cago en TIM.

Este libro se terminó
de imprimir en
Móstoles, Madrid,
en el mes de
febrero de 2025